李建永 著

说江湖

全国百佳出版社
中央编译出版社
CCTP Central Compilation & Translation Press

獭祭鱼

（代序）

一

关于“什么是杂文”、“什么不是杂文”乃至“如何才算好杂文”之类的话题，从上世纪八十年代末期到现在，我断断续续写过二十余篇文章。今摘录其中几个观点，略加编排整理，谨作为本书之代序。《礼记·月令》讲，孟春之月，东风解冻，鱼上冰，獭祭鱼，鸿雁来。所谓獭祭鱼，是指初春的獭，把捕捉到的一条条鱼儿，像摆放祭品一样陈列在水边。本序庶几近之。

二

杂文是什么？杂文是诗的政论，政论的诗。首先是“诗”，然后政论才有意义。两千多年前，孔子即提出“诗可以兴，可以观，可以群，可以怨”的观点。今天，以“兴观群怨”来概括、衡量杂文的特点和功能，仍然十分恰贴而准确。“兴”给人以联想与启发，“观”可以让人更深刻地认识社会人生，“群”使人“和而不流”（即使批评也是为了团结，治病更是为了救人），“怨”则体现了杂文的本质精神——即批判性。

三

在所有的文体中，只有杂文是必须具有针对性与战斗性的；故杂文家在操笔为文之始，就得面对“论敌”乃至“敌人”抑或“假想敌”。杂文不怕有“杀气”和“杀伤力”——就怕没有，而杂文家更无须吞吐嗫嚅忸怩支吾活像一个三孙子！杂文笔法，多与兵法相同。兵法讲，伤其十指，不如断其一指。俗话也说，话不毒，人不服。又说，恨病吃苦药。讽刺，是杂文创作最主要的笔法；讽刺，也是一剂“醒人”的良药。可以说，没有讽刺，也就无所谓杂文。讽刺与赞美，笼统地看，似乎都是个“修辞”的问题；然而，赞美容易使人发晕，讽刺却能使人清醒。讽刺是一面明镜，人们可以从中照见自己有缺憾的颜容。

四

时评界有一个有趣的现象，我给它总结了一句话，叫做“千里眼与万金油”。所谓“千里眼”，是站得不高看得“远”，对自己周边的人和事往往视而不见，听而不闻，即使身边一个小科长坏透了，也不敢开罪，但外省的某长、外国的元首，都敢横挑鼻子竖挑眼。所谓“万金油”，就是“什么都懂”，三坟五典八索九丘无不通晓，对于每一个新出现的问题，不管有无研究，都敢踊跃表态——至于“态”之高下优劣倒在其次，关键是“表”，为了混个脸儿熟。不过愚以为，对于杂文家来说，“敢说”固然需要，然而“说得好”尤为重要。

五

据科学家讲："克隆就是以无性繁殖的方式进行复制。"语言无味、面目可憎的"克隆杂文"，完全符合这"三大基本特征"。一是复制。"克隆杂文"满篇复制着古人如何说，洋人如何说，"我的朋友"如何说，就是没有自己如何说。二是无性。从某种意义上讲，性格即杂文。而"克隆杂文"却彻底地模糊了性别与性格，既看不出是男人还是女人写的，也看不出是张三或者李四作的，千人一面，千篇一律。三是繁殖。"克隆杂文"既复制他人，也复制自己，交叉感染，互相"克隆"，故繁殖起来特别地快。材料丰盈、手段娴熟的"克隆杂文家"，一天即可制作四五篇"克隆杂文"，尽可以对各类报刊随心所欲地进行"地毯式轰炸"！

六

我之所以用"雷霆走精锐"来概括杂文的特点，是因为"雷霆"代表力度，"精锐"代表美感，力度是思想的力度、批判的力度，美感是精金之美、阳刚之美，不管是思想也好、批判也罢，都需要借助美的形式来实现，否则便成了无源之水、无本之木；最关键的是一个"走"字，它是从"雷霆"抵达"精锐"的必由之路，既融汇了作者的思想、激情、胆识和才学，也包涵着选材、立论、开掘、创新以及"天机云锦用在我"、"艺匠惨淡经营中"的整个创作过程。的确，美是力量，批判是力量，思想也是力量；好杂文是批判的武器，是思想的雕塑，是立论的美文。

七

古人尝言，大文章源出“五经”。杂文，虽然看上去块头小了点，但却是浓缩了的精华，完全可以配得上“大文章”三个字。那么，追根溯源，杂文出自哪里？扬雄《法言·寡见》主张“说理者莫辩乎《春秋》”，故侧重“说理”的杂文当源自《春秋》。司马迁讲过：“《易》本隐以之显，《春秋》推见以至隐。”说得直白一点，《易》是从抽象到具体的，即从本质联系到现象；而《春秋》则是从具体到抽象的，即从现象联系到本质。——很多经典的杂文，不正是“从具体到抽象”、“从现象联系到本质”的吗？

八

孟子讲过：“孔子作《春秋》，而乱臣贼子惧。”孔子著《春秋》，乃本着寓说理于叙事之中的理性主义，字里行间体现着鞭恶扬善的批判精神，以“春秋大义”震慑“乱臣贼子”，以“微言大义”刺痛“昏君”、“小人”，以历史经验来启迪和警示后人。这就是为后世所称道的“春秋笔法”。人们常说，“春秋笔法，微言大义”，“行之无愧天地，褒贬自有春秋”，“一言之褒，荣于华衮；一字之贬，严于斧钺”，等等。“褒贬”二字，正是“春秋笔法”的精髓所在，也是杂文笔法的全部精义所在。所以说，杂文作为“批判的武器”，其使命与“春秋精神”是一脉相承的。

九

一个健康的社会，必须有哲学的牵引，历史的反思，文化的批判。杂文，是社会“感应的神经，攻守的手足”，因而杂文要敢于戳穿伪装，发出真声。真是艺术的生命，也是一切价值的基础。好的杂文，必然蕴涵着深刻而独到的思想和见解。而且，好的杂文，辛辣，幽默，形象，概括，精炼，耐读，有张力，有血性，令人常读常新，永不餍足。好杂文不仅今天可以读，今年可以读，而且十年二十年甚至数百年以后，仍然可以读出“味道”以及“成色”来。好杂文是一件艺术品。

十

真正的杂文家，一定是有笔的人。有笔的人不仅仅是有水平有文采的人，更是有自由之思想、独立之人格的人。有笔的人也是真诚的、勇敢的、“我手写我口”的、有良知的人。有笔的人当然还是“穷年忧黎元，叹息肠内热”的富有正义感和使命感的人。有笔的人最重要的不在于他写了什么，而在于他不写什么。对于一切趋炎附势溜须拍马人身依附帮闲抬轿的文人枪手来说，笔，何有于他！

作　者

整理于2011年8月9日，北京

目　录

第二辑　东拉西扯

说
江
湖

第一辑　说三道四

说江湖

1. 前些时看到一则资料，说有一个外国青年因看了中国功夫片，觉得“江湖”十分好玩，并对“江湖”十二万分向往。他粗粗学了点中文，便来到中国寻找“江湖”。他逢人就问：“江湖”在哪里？他把“江湖”当作与西湖、长城、五台山、云冈石窟、少林寺等同一类的名胜景点理解了。

2. “江湖”一词最早见于《庄子·大宗师》：“泉涸，鱼相与处于陆，相呴以湿，相濡以沫，不如相忘于江湖。”又曰：“鱼相忘乎江湖，人相忘乎道术。”这里的“江湖”，指的是大自然中的“江湖”，即具体的江河湖海。“江湖”的这一涵义，后世一直沿用下来。春秋时期的大富豪范蠡携西施五湖泛舟，《史记·货殖列传》即记载：“（范蠡）乃乘扁舟浮于江湖。”孟浩然的“日出气象分，始知江湖阔”，白居易的“与君何日出屯蒙，鱼恋江湖鸟厌笼”，指的就是大自然中的江河湖海。

3. 后来，“江湖”的外延逐渐扩大，泛指四方各地、大千世界、五湖四海。赵嘏的“岁月老将至，江湖春未归”，陆游的“利欲驱人万火牛，江湖浪迹一沙鸥”，黄庭坚的“桃李春风一杯酒，江湖夜雨十年灯”，以及俗话里的“走江湖”、“闯荡江湖”、“落拓江湖”，都是这个意思。“江湖”有时也指三教九流各色人等（多含贬义），如“江湖郎中”、“江湖骗子”、“江湖混混儿”和“老江湖”等。

4. “江湖”又是与“庙堂”相对而言的。范仲淹《岳阳楼记》写道：“居庙堂之高则忧其民，处江湖之远则忧其君。”这里的“庙堂”与“江湖”，只是“在朝”与“在野”之分。古代的不少文士，或无意于仕途，或在仕途失意之后，往往会找个安静的所在，栖居林野，放情山水。这是文人士大夫的“江湖”。苏轼的“江湖久放浪，朝市谁相亲”，陆游的“身处江湖如富贵，心亲鱼鸟待朋俦”，李商隐的“永忆江湖归白发，欲回天地入扁舟”，白居易的“昔为京洛声华客，今作江湖潦倒翁”，咏叹的便是文人“江湖”；当然，此中不乏“撒娇”的成分。其实，纯粹意义上的文人“江湖”，是作为对抗“庙堂”而存在的，至少要与“庙堂”保持一定的距离。这就注定了它的“非正统性”，以及被边缘化的命运。

5. “情难消受美人恩，仗剑江湖为红颜。”金庸等人的武侠小说，营造了一个绿林豪杰、红颜枭雄们的理想栖居之地——“江湖”；在那里，看英雄“笑傲江湖”，看狗熊“笑凹江湖”，倾倒了无数众生。中国向来就有崇尚英雄和侠客的传统，从“风萧萧兮易水寒，壮士一去兮不复还”的荆轲，到“我自横刀向天笑，去留肝胆两昆仑”的谭嗣同，都让人感受到天地英雄气，千秋尚凛然！有道是，千古文人侠客梦。瘦的诗人贾岛用纤笔抒写了不朽的《剑客》：“十年磨一剑，霜刃未曾试。今日把视君，谁有不平事！”最典型的要数李白在《侠客行》中所描绘的：光彩照人的侠客——“赵客缦胡缨，吴钩霜雪明；银鞍照白马，飒沓如流星”；敏捷的身手及行藏——“十步杀一人，千里不留行；事了拂衣去，深藏身与名”；已诺必诚的信义与豪情——“三杯吐然诺，五岳倒为轻；眼花耳热后，意气素霓生”；值得永远铭记与歌颂的任侠精神——“纵死侠骨香，不惭世上英”！侠客，在诗人笔下寄托着一种行侠仗义、伸张正义的高贵精神。

6. 一部《水浒》写尽了游民的“江湖”。鲁迅指出，“水浒气”就是“流氓气”。其实，“江湖气”又何尝不是“流氓气”。看看《水浒》第二十八回是怎样描写武松和张青谈心的：“两个又说些江湖上好汉的勾当，却是杀人放火的事。”再看看大头领“呼保义”宋江吧，打着“替天行道”的幌子，却一再与由“江湖流氓”摇身变成“政治流氓”的高俅之流媾和，把最讲“江湖义气”的好兄弟李逵亲手毒死，竟为的是扫清投降赵官家的“障碍”（金圣叹“腰斩”《水浒》——砍掉了“江湖流氓”向“政治流氓”投降的部分，清王朝便“腰斩”了他）。这是怎样的“江湖义气”！难怪龚自珍一声浩叹：“吟到恩仇心事涌，江湖侠骨恐无多。”

7. “江湖”虽也存在带有黑社会性质的帮派体系，但更多的情形是一种“隐形社会”——“江湖人”能感觉到它的存在。盗亦有道。“江湖人”讲“江湖黑话”，“江湖”上有“江湖规矩”——亦即“潜规则”。比如，旧时代的黑暗官场买官鬻爵、包揽词讼，遵循的就是“收人金银钱财，替人纳福消灾”的“潜规则”。不然的话，光收银子不办事，你不帮人家“摆平”，人家就会把你给“摆平”。这也许就是人们说的“人在江湖，身不由己”的深层原因吧。古典小说和戏剧里常说：“未晚先投宿，鸡鸣早看天。江湖多风雨，仔细听人言。”道尽了小民百姓面对“险恶江湖”临深履薄的情状及心态。俗谚也说，“不入江湖想江湖，入了江湖怕江湖”，“江湖走老了，胆子吓小了”。正是由于“江湖险恶”，人心惟危，所以才有人感慨：“出来混还得是韦小宝！”

8. “江湖”，只是一个文化符号。有人说它代表的是“自由和欢乐”，也有人说它是“混混世界”，还有人说“江湖就是糨糊”，然而不管怎么说，它却又是一种实实在在的存在。对于不同的人来说，自有不同的“江湖”；即使是同一个人的“江湖”，在不同时间、不同地点和不同的心情下，也有着不同的含义。不仅老杜（杜甫）的“江湖多白鸟，天地有青蝇”，不同于小杜（杜牧）的“落魄江湖载酒行，楚腰纤细掌中轻”；就是老杜自己的“鸿雁几时到，江湖秋水多”与“关塞极天有鸟道，江湖满地一渔翁”中的“江湖”，也是不尽相同的。可见，“江湖”的符号意义具有相当的丰富性和复杂性。

9. 据说，那位寻找“江湖”的外国青年，最后遇到了一位文化学者，学者告诉他：“‘江湖’无处不在。所谓‘江湖’，其实就在你的心里。”然而，这个外国青年最终也没有弄清楚什么是“江湖”。中国文化“江湖”这潭老水，汇聚、积淀了两千多年，广阔而又幽深，哪里是一个老外能探得到底的！学者的话其实是有道理的，“江湖”的确无处不在，试想，世上有哪一个人不是老死“江湖”的呢？这倒正好应了一句“江湖”老话：“少年子弟江湖老，多少英雄白了头！”

（香港《大公报·大公园》2006 年 4 月 10 日）

说　怨

俗话说："怨无大小。"又说："怨亲不怨疏。"的确，怨不在乎大小，也不在于亲疏，只要由怨生恨，仇恨入心要发芽，那就会变得异常狰狞可怕。

据《左传·宣公二年》载："（鲁宣公）二年春王二月壬子，宋华元帅师及郑公子归生帅师，战于大棘（今河南省睢县南）。宋师败绩，获宋华元。"

谁能料到，华元之败，竟然缘于一碗羊肉。

详情如是：决战之前，宋国统帅华元杀羊犒赏将士，但没有赏到他的车夫羊斟。决战之日，羊斟说，昨日分羊你做主，今日赶车我做主。随即便将主帅的指挥车赶入敌人阵营，华元束手就擒，做了郑国的俘虏。后来华元被宋国高价赎回。他见了羊斟问道，你不是故意的吧，是马不听驾驭所致吧？羊斟却硬生生地回答，不是马的缘故，而是人的缘故！羊斟丢下这句狠话，便一溜烟儿逃到鲁国。

临敌之际，少吃一碗羊肉，这算多大一丁点事啊！然而羊斟却为此不惜背叛他的主人，不惜背叛他的祖国！可见小怨之深，足以害大。俗话常说：“怨不在大，亦不在小。”又说：“怨废亲，怒废礼。”还说：“伤心人别有怀抱。”也许在羊斟看来，羊肉事小，尊严事大，咱车夫就他妈的永远低人一等吗？可是在华元看来，自己身边的人嘛，你不吃亏谁吃亏，一边凉快去吧，还咧咧什么呀！双方长之以往，难免积下心结。《韩非子·用人》对此剖析得十分精辟：“古之人曰：‘其心难知，喜怒难中也。’……如此，则怒积于上，而怨积于下，以积怒而御积怨，则两危矣。”

同样，在一个单位或公司里，如果上司总对下级发泄不满，下级又总对上司心怀怨恨，上积怒而下积怨，双方必将处于两危境地。不管是谁，只要心中有怨毒，于人于己，都是极其不利的。所以老话说：“怨家怨家，但怨自家。”人一旦懂得自我反省，自我批评，其心中之怨气，就会渐渐地瓦解冰释，拨云见日。

（《新民晚报·夜光杯》2010 年 5 月 18 日）

说　贪

1. 古希腊《伊索寓言》有一个故事：一只狐狸钻进树洞，偷吃了猎人放在里面的食品，由于肚子胀大而钻不出来。另一只狐狸走过来说，你先在里边待着吧，等到饿扁肚子，就可以出来了。结论是：时间能解决困难的问题。不过，我看完这则故事，结论却与之不同。狐狸困在树洞里边，吃进多少，就得吐出多少，吐得及时，好歹还能脱身，否则等猎人回来，那还不得把性命和皮毛一起留下？可见，时间并不能解决贪婪者的现实困境。

2. 《经律异相》里有一个类似的故事："有长者以瓶盛酥，置于楼。一鼠贪酥，入瓶食之。酥尽，身大不能出瓶。长者取酥瓶，思凝结之，置于火上，鼠即死。"《老子》云："罪莫大于可欲，祸莫大于不知足，咎莫憯于欲得。"《庄子》亦云："嗜欲深者天机浅。"狐狸和老鼠，都是多么聪明的生灵啊！然而却被贪欲蒙住了眼睛，贪得一时口，瘦掉一身肉，甚而还得搭上一条小命。

3. 索性再讲一个故事——不，是一则笑话。清人陈皋谟《笑倒》："有客在外，而主人潜入吃饭者。客大声曰：'好一座厅堂，可惜许多梁柱都蛀坏了！’主人忙出曰：‘在哪里？’客曰：‘他在里面吃，外面如何知道？’”倘若“主人”是个聪明的，听出“客”的弦外之音，那时戛然“住嘴”，正是他“吐”的良机。但如果“主人”觉得“客”不过是在扯淡，依旧回到“里面吃”，还自以为神不知鬼不觉，那他就离“蛀坏梁柱”为期不远矣。

4. 俗话说：“贪吃胀破肚。”又说：“香饵之下，必有悬鱼。”在现实生活中，只要听到“寸地尺天皆入贡，奇珍异瑞争来送”之贪官落马的消息，我就会想起以上的三个故事。记得早年读《红楼梦》，每读到“身后有余忘缩手，眼前无路想回头”，就十分纳闷：为什么身后有余，还要疯狂攫取大捞特捞呢？为什么直到身陷囹圄眼前无路，才想起收手回头呢？

（《新民晚报·夜光杯》2010年4月20日）

说　驴

生而为驴，是一件十分不名誉的事情。驴，秃驴，驴脾气，驴脸瓜搭，瘦驴拉硬屎，驴唇不对马嘴，好心当作驴肝肺……有哪一个是褒义词呢？即使是骂人的话罢，只要暗含一点好的意思，也是轮不到驴的。比如，一朵鲜花插在了牛粪上。宁愿将鲜花插在稀不啦叽的牛屎上，也不肯插在仪表光泽的驴粪上。而且，还丢下一句特伤感情的话：驴粪蛋，表面光。

最可恶的是，有些人在社会上混得没起色、不如意，便拿驴子来打趣儿说事儿。说什么："别人骑大马，我独骑驴子。回看担柴汉，心下较些子。"本来心理失衡得一塌糊涂，还硬是装作若无其事的样子，真够阿 Q 的。还有人说甚么："不骑马，不骑牛，骑个毛驴随大流。"嗨嗨，小子！你够不着马，又看不起牛，却拉着个毛驴做垫背，瞧你那点儿出息！

人常说，马背上出英雄，驴背上出诗人。可是，诗人们似乎对高头大马总是青眼有加，对驴子却恶声恶气并不领情。在中国古代文坛上，李、杜、苏、陆四人，堪称唐宋两代的顶尖诗人吧？你看那个李白，写马则“银鞍照白马，飒沓如流星”，写驴却“骅骝拳跼不能食，蹇驴得志鸣春风”（得志也是个“蹇驴”）；还有那个杜甫，写马则“落日照大旗，马鸣风萧萧”，写驴却“江湖凡马多憔悴，衣冠往往乘蹇驴”（骑驴便辱没了“衣冠”）；再是苏东坡，写马即“弄风骄马跑空立，趁兔苍鹰掠地飞”，写驴却“往日崎岖还记否？路长人困蹇驴嘶”；还有那个陆放翁，写马便“夜阑卧听风吹雨，铁马冰河入梦来”，写驴则“此生合是诗人未？细雨骑驴入剑门”……他们只要写到马，便精神抖擞，笔墨灵动，虎虎有生气；一旦写到驴，就鄙夷贬损，冷言冷语，一肚子没好气。其实，他们中的哪一位没有得到过驴的恩惠呢？尤其是老杜，“骑驴三十载，旅食京华春”，在驴背上辗转了三十多个春秋，跟驴子应该是很有一份深厚的阶级感情的；然而事实上，他却对“朝扣富儿门，暮随肥马尘；残杯与冷炙，到处潜悲辛”中的“肥马”情有独钟。唉唉！这不能不说是个势利眼吧？

另一个唐代文人柳宗元，也不知是哪根筋抽的，写了一篇题为《黔之驴》的杂文，并得出一个“黔驴技穷”的结论。如果可能的话，俺真想揪住他的耳朵问一句：老兄，你说驴应该以什么为技啊？如果以诳骗诡诈为技，它天生就不如狐狸；如果以残暴嗜血为技，它连豺狼鬣狗都比不上，更不用说熊狮虎豹；如果以胁肩谄笑为技，它生就一副深沉严肃的长脸子，整日里像是有谁欠了它二百吊，根本不懂插科打诨疏通关系这一套；如果以吹牛拍马为技，那它首先比不上的就是人。但是，如果以吃苦耐劳忍辱负重勤劳奉献为技的话，它谁都不输。

驴，哺乳纲，马科。性温顺，富忍耐力，但颇执拗。堪粗食，易饲养，抗病力较其他马属动物强，寿命比马长。《本草纲目》说它“长颊广额，磔耳修尾，夜鸣应更，性善驮负。有褐、黑、白三色，入药以黑者为良”（因驴的妊娠期为12个月，故民间尝用炖驴肉汤为孕妇保胎）。驴的工作岗位（工种）一般是挽、驮及拉磨，亦可供人骑乘。乡里小儿谚云：“马骑脖盘，驴骑尻蛋，骡骑当腰，两头忽颤。”说的是骑乘没有鞍鞯的牲口时，骑马要骑在马的前盘，骑驴要骑在驴的后边，骑骡子则要骑在当中间，腰身柔软，颤悠悠的，十分受用。

乡间还有几条有关驴子与马牛相比较的谚语。一条是“耕牛战马磨道驴”，说的是驴马牛的工种和岗位。一条是“牛筋马力驴骨头”，说的是驴马牛的优长和特点（驴子脾气倔，骨头硬）。还有一条是“金马铜牛铁驴子”，说的是驴马牛的价格和价值。不过，从综合指标和性价比来看，“铁驴子”并不比“铜牛”和“金马”的使用价值差，或许是“金”和“铜”都很金贵而且娇贵吧，反倒没有“生铁”经磨损耐摔打。先说“铜牛”吧。牛的工作岗位一般是拉车耕田，跟驴子也差不了许多，但是，它一生的工作时间却比驴子要短得多。一头牛的寿数大约只有十来年，高寿也不过十四五岁，尽管它也很努力——“老牛明知夕阳晚，不待扬鞭自奋蹄”，然而终久熬不过十来年这个大限，最后，“老牛必定刀尖死，将军难免阵上亡”，是个必然归宿。再说“金马”。马当然要比驴子英武风光得多，“宝马雕车香满路”、“车如流水马如龙”，那叫个气派；“一朝马死黄金尽”、“门前冷落车马稀”，走的是背字。有马，则要风是风，要雨是雨；无马，则靠山山倒，靠水水流。如果说马属上流社会，那么驴属草根阶层；马是贵族，驴是贫民，是个不折不扣的草字头老百姓。但“老百姓”的贡献未见得就小。别的不说，仅从工作时间的长短来看，马的寿命一般是四五十年，而驴的寿命一般为五六十年。如果都从三岁扎牙开始参加工作算起，驴比马的平均工龄要多出十来个年头，那要多干多少活儿啊！所以乡下老农常说，驴子皮实，不挑嘴，好饲养，一头驴能干五六十年的活儿，足足交割了一个庄户人的一辈子。

或许是应了“寿则多辱”的古训吧，对人类贡献巨大的驴子，在人世间并没有落下个好名声。首先，在人类的祖先精心“选秀”选拔出来的“六畜”中，驴子没有占一个正式编制，属于“黑户”，不仅不能跟马牛羊相提并论，连鸡犬豕都没法比。据一位畜牲学学者研究，这是受了“不孝有三，无后为大”的骡子株连，因为骡子是驴的子嗣嘛。有个老农气不忿，说，无论是驴骡（学名駃騠）还是马骡，都是马和驴杂交生出来的，凭什么只让驴单方面承担责任呢？你猜那个畜牲学学者怎么说来着？他说，驴怎么能跟马攀比呢，马是贵族嘛！其次，由于一些没口德的人经常用“毛驴”来骂人，以致“毛驴”一词比“流氓”还要低一个档次。《水浒传》第五十一回“插翅虎枷打白秀英”，就因为白玉乔骂了一句“甚么雷都头，只怕他是驴筋头”，不仅被雷横打得唇绽齿落，还搭上了女儿白秀英的一条小命。其实，所谓“驴筋头”，就是王婆为西门庆说风情时传授的“潘驴邓小闲”中的那个驴物件，也就是今天的富豪猛人们在火锅里涮来涮去的驴鞭。据说，“天上的飞龙地下的驴”，那叫个香啊！

千百年来，驴始终是一个受侮辱受损害的悲剧形象。就拿驴子的高寿来说吧，不仅没有让它笑到最后且笑得最美，反倒使它本身也变成了十足的笑料。明末清初的刘继庄在《广阳杂记》中写道：“驴鸣似哭，马嘶如笑。”这倒并不是说生活中真地存在驴哭马笑，而是这个明的遗民在变着法子拿驴开涮。不但中国的舆论氛围如此，外国的文化环境对驴子也好不到哪里去。古希腊的《伊索寓言》里，与驴相关的寓言有二十四五条之多，驴大多是些愚蠢卑劣无知可笑的反面角色。只有一篇《驴和狼》例外：驴看见狼走过来，便装成一瘸一拐的样子，狼问怎么啦，驴说脚上扎了刺，请狼先给它把刺拔出来，免得吃它的时候卡住喉咙。狼正要给驴拔刺，被驴猛踹一脚，门牙全落！狼懊悔地说："我真是活该！我本来是个屠夫，干么偏要行医呢？"在印度的佛经里也有一则关于驴的故事：某国的人从未见过驴，但听说驴乳甚美，一日得到一头公驴，一群人忙着挤奶，有的捉驴足，有的捉驴尾，还有一位捉驴根的，大呼挤出了驴奶——诸位明白，这小子喝了一泡热喇喇的驴尿！呵呵，总算驴子这个"倒霉蛋儿"也有几个扬眉吐气的故事！

让驴子更加扬眉吐气的，是清人王士禛《祖香笔记》的两则材料："王兆云《湖海搜奇》：在陕西民家有千里驴，腰有肾六。又，张翁言有友人省亲山东，亲家以一驴至，曰：'此千里驴也。'乘之倏忽抵家。"据说，千里马日行千里夜走八百，想必千里驴亦当有此能耐。不然的话，山东"亲家"何以风驰电掣"倏忽抵家"？从前只听说陕西的"关中驴"最负盛名，但谁敢相信它能抵得上千里马？想一想啊，来自陕西的那头身上揣着六个腰子的千里驴，该有多大的力道和派头，大概相当于今天最高档的12个缸的"顶级奔驰"吧？

正是：世上岂无千里驴，人间难得九方皋！

（《中国社会报·社会周末》2006年10月13日）

说 贼

偷、窃、盗、贼四个字，在古语中均表示偷盗之意。但从语义上细加分辨，偷、窃较轻，盗较重，贼最重。

贼，伤害、杀人为贼。《说文》："贼，败也。从戈，则声。"贼指败乱之人，所谓"胜者王侯败者贼"，亦曰"成者王侯败者寇"。《荀子·修身》："害良曰贼。"《国语·周语》："奸勇为贼。"《左传·昭公十四年》："杀人不忌为贼。"《玉篇》："贼，盗也。"又曰："贼，伤害人也。"

盗，窃人财物为盗。《说文》："盗，私利物也。"《穀梁传·定公八年》："非其所取而取之，谓之盗。"盗跟贼的最主要区别，就在于窃物与害命。《周礼·秋官·朝士》有"凡盗贼军"，贾公彦疏："盗，谓盗取人物；贼，谓杀人曰贼。"《荀子·正论》有"盗不窃，贼不刺"，杨倞注："盗贼通名。分而言之，则私窃谓之盗，劫杀谓之贼。"盗、贼常与寇联系在一起，如盗寇、贼寇。《说文》："寇，暴也。"强取为寇，窃取为盗。强聚为寇，杀人为贼。盗、贼一般多指个体，而寇则多指群体。《尚书·舜典》有"寇贼奸宄"，孔安国传："群行攻劫曰寇。"孔颖达疏："寇者，众聚为之。"

窃与偷，比之于盗，语义又要轻一些，故有"江洋大盗"之称，而没有"江洋大窃"或"江洋大偷"之说。偷和窃，有小打小闹、小偷小摸的意思。在这一点上，繁体窃（竊）字最为形象：一个偷儿背着米，从洞穴里钻出来。所以《说文》讲："竊，盗自中出曰竊。从穴，从米。禼声。"虽然《庄子·胠箧》有"彼窃钩者诛，窃国者诸侯"一语，但是窃国之窃，亦属于偷米钻穴隙之类。偷与"苟"同，指苟避于事。《集韵》："偷，苟且也。"偷亦泛指盗与窃。《淮南子·道应》："偷者，天下之盗也。"

盗、贼、偷、窃四字，既是名词，又是动词。不过在今天，已无须分别得那么精细。它们或者单挑，或者两两搭配，或者前后加一个词缀，分别构成了新的组合。诸如盗贼、窃贼、偷盗、盗窃、偷窃、扒窃、剽窃、窃取、窃夺、盗匪、盗寇、强盗、强贼、贼寇、蟊贼、小偷、偷儿和贼等等。对于这一"特种身份"来说，现在最普遍的称呼是小偷、扒手和贼，三者相较，贼仍是最具量级的。我妈常说："做贼的人就两条：胆大，不要脸。"这的确是贼人最主要的两大特征。然而仔细研究，贼还有一些更深层次的特质与内蕴，故略加剖析陈说之。

一、贼人往往智商颇高。当然，"贼上一百，形形色色"，呆头笨脑的贼自然也是有的。据《吕氏春秋·自知》载："范氏之亡也，百姓有得钟者，欲负而走，则钟大不可负。以椎毁之，钟况然有声，恐人闻之而夺己也，遽揜其耳。"这则"掩耳盗钟"的故事，后来由于朱熹《答江德功书》中的一句"此与掩耳盗铃之见何异"，而演变成了一条成语。不过，像这类"笨贼偷碾子"的非专业化的贼，毕竟是少数。

古往今来，人们通常所听到和遇到的，大多是“道高一尺，魔高一丈”的职业化的智贼。就说同样是盗一口钟吧，智贼与笨贼的手法却是天地悬隔。据明·江盈科《雪涛谐史》记：“语云：贼是小人,智过君子。余邑水府庙有钟一口，巴陵人泊舟于河，欲盗此钟铸田器，乃协力移置地上，用土实其中，击碎担去。居民皆杳然无闻焉。”该书还记下了另一个智贼的故事：“又一贼，白昼入人家，盗磬一口，持出门。主人偶自外归，贼问主人曰：‘老爹，买磬否?’主人答曰：‘我家有磬，不买。’贼径持去。”这叫做“贼人计谋深”，也叫“贼精鬼机灵”。

二、贼人心理素质特好。具体表现在：（一）“贼无赃，硬似钢”。明明知道他就是贼，但他铁嘴钢牙骨头硬，咬死不承认，并说：“‘捉贼要赃，捉奸要双’，拿出证据来呀!”只要没有起获贼赃，贼就会大摇大摆逍遥法外。因为贼知道，“大盗沿街走，无赃不定罪”，“贼在当门坐，无赃没奈何”。（二）“背上牛头不认赃”。那一回，阿 Q 翻墙跳进静修庵的菜园里偷萝卜，被小尼姑逮了个正着。阿 Q 且走且说：“这萝卜是你的? 你能叫它答应你吗?”你瞧瞧，这厮心理素质有多过硬!（三）“贼喊捉贼”。常言：“有理胆自壮，负屈声必高。”贼人在情急之下往往会反其道而行之，突然大喊喝一声“捉贼”，既可分散注意，又能洗刷自己，必要时还可以脚底抹油呢。（四）“贼咬一口，入骨三分”。都说“贼心似铁，官法如炉”，但贼人即使“落炉”，也不会轻易“熔化”；他会无中生有，反咬一口，屈死好人笑死贼。

三、贼人最善把捉机遇。谚云：“不怕贼偷，就怕贼惦记。”又云：“防贼一宿，贼偷一更。”那么，贼偷哪一更呢? 一夜分五更，半夜是三更。7 ~9 时是一更，9 ~11 时是二更，11 ~1 时是三更，1 ~3 时是四更，3~5时是五更。就算是世上最勤快的人吧，也无非是起五更、睡半夜，睡得最安稳踏实的就是四更天，而贼偷便在四更天。俗话说："贼无冤家，但偷便家。"又说："贼瞅一步空。"还说："贼人操的是贼心。"因而贼娃子最善于捕捉、拿捏和把握一切有利时机，抓住机遇，发展自己。比如，"月黑风高贼作案，雷狂雨急狼出窝"。又如，"偷风不偷月，偷雨不偷雪"。

四、贼人自有贼人的道。《墨子·兼爱上》："盗爱其室，不爱异室，故窃异室以利其室；贼爱其身，不爱人，故贼人以利其身。"不过，虽然贼不爱人，但贼却爱贼。因为贼人深知，"鼠要鼠捉，贼要贼拿，铁要铁打"。所以贼与贼讲义气，贼对贼够哥们儿，贼跟贼攻守同盟。据说，古来成大盗者，必须具备"圣人之道"。《庄子·胠箧》记载了春秋时的大盗柳下跖和他手下的一段对话："跖之徒问于跖曰：'盗亦有道乎？'跖曰：'何适而无有道邪？夫妄意室中之藏，圣也；入先，勇也；出后，义也；知可否，知也；分均，仁也。五者不备而能成大盗者，天下未之有也！'"

然而，做贼毕竟不是什么光荣的事业。俗话说："贼名难受，龟名难当。"又说："偷个鸡蛋吃不饱，一生贼名背到老。"还说："一日为贼终身寇，世代儿孙做马牛。"所以老话才说："宁缺一只手，不当三只手。"因此上，劝贼人，还是在金盆里早些洗了手吧！

（《中国社会报·社会周末》2008年4月18日）

谈表现

如果你打算在某个机关工作相当长的一段时间，那么，摆在你面前的两个现实是：“熬”和“表现”。

被动一点的是熬。从二十出头大学毕业分配到机关，兢兢业业熬年头，一直熬到发苍苍而视茫茫而齿牙动摇，临到退休回家抱孙子时分，还没有混出个人模狗样的小干事者，大有人在。想想古人大放“三十功名尘与土”之厥词——三十郎当即功名赫赫，还流露出那么一丝丝的倦意来，不禁令人由羡生嫉，感叹唏嘘。——这个熬字，不说也罢。主动一点，进取一点，积极一点的，就是表现了。所谓表现，也还离不开熬，是在熬之基础上的表现，或者说是抱着边熬边表现的态度，尽人事而听天命，胜固可喜，败亦欣然。临死的时候，他可以平静地面对妻儿，说：我已经尽心尽力了。

也有那特别地积极、进取、主动表现的，为表现旌表，为表现献身，不成功便成仁，同志们行为可感，精神可嘉，不屈不挠，孜孜以求。为此，在下斟酌再三，觉得有必要对表现作一点粗浅的探讨与研究。撮其要旨如下：

一、何为表现？表现者，表面现象也（俗称耍眼前花）。耍眼前花嘛，不管骨子里盛的是什么货色，端出台面给人看的，总是赏心悦目光艳照人的一面。但耍家们从不说“耍”，为严肃起见，名之为表现。“周公恐惧流言日”，说明表现尚未成功，周公仍需努力；“王莽谦恭未篡时”，乃是表现圆满成功的绝佳范例。（关键词：表面现象。）

二、为何表现？为了利益。同志们的表现欲之所以强烈，是因为表现与利益挂钩。提干，入党，调资，分房，选先进，评职称，无不与表现相关。我们乘火车旅行，经常可以看到这样的景象：一些女士和先生——尤其是先生们，萍水相逢，便放言无忌海阔天空大吹其牛皮。其实，平日在自己的单位里，他们未必那么谈锋雄健不着边际，也许恰恰相反——活得谨小慎微战战兢兢。没有利益所系，便没有了作真诚状的表现，有的只是虚荣的即兴表演。如果说表现规范了人们的行为，同时，它也造就了一茬又一茬的变色龙和伪君子。（关键词：利益。）

三、表现给谁看？谁掌握着生杀予夺的大权，就去挖空心思迎合谁，就去见缝插针、对症下药表现给谁看。黄永玉先生在《芥末居杂记》里讲道：“武松为官，凡制哨棒艺精者，赏金百两。李逵为官，凡制板斧艺精者，赏金百两。张青为官，凡种大白菜过四十斤者，赏金百两。……”重赏之下，必有上佳之表现：在武松手下的，制哨棒；在李逵手下的，制板斧；在张青手下的，种白菜；且均作竭诚热爱、舍命卖力、精益求精状。而况，既在矮檐下，怎敢不表现？“白衣秀士”王伦当权时，林冲不就是这么表现的吗？（关键词：白衣秀士。）

四、怎样表现？据人们口耳相传，表现的精义，一为装孙子，二为夹起尾巴做人。其实，这点末技，仅限于表现派里的一支——婉约派常用，而气象更大的豪放派，功夫更加深厚，惜乎不肯传人。后经香港“狗仔队”摸底，原来二派乃连锁递进关系，具体表现为——初期：早到晚退，拖地打水；点头哈腰，咧嘴便笑；团结群众，“蜜舔”领导。中期：吹喇叭，抬轿子，打小报告，当狗腿子。后期：晓之以利，动之以钱；搞点伟哥，送个小姐。总而言之，越是为人所不齿、为人所唾骂之事体，越要鞍前马后事必躬亲，表现的力度就越大，成果也就愈加显著。前边所引黄永玉先生之文中的“……”部分，写出来是：“阮小七为官，凡潜入水底一炷香者，赏金百两，捆绑掷入江中，金收回。”倘遇上七爷这样率直的官员，那是福气呀，你的表现手段千条万绪归根结底就是一句话“奉上银子”，免却了多少皮开肉绽手忙脚乱闪转腾挪抑扬顿挫！（关键词：装孙子。上银子。）

五、何谓表现不好？表面现象（或耍眼前花）做得不够成功、玩得不到火候，叫做表现不好，私下里也叫不会来事儿。套用俄国大文豪托翁的一句名言：会表现的同志大致相同，不会表现的同志各有各的不幸。我在这里只举一例，大家凭悟性去举一反三吧。却说某王姓女领导是个“事儿妈”，部属们私下里都叫她王妈。有位刚分配到王妈麾下的大学生，不知哪个地方一不留神触怒了王妈，后经人点拨，茅塞顿开，悔恨交加，很想瞅个机会在王妈面前着实表现一番。恰逢年终单位聚餐，该生频频为王妈敬酒、盛汤、加饭，谁知在盛甲鱼汤时不小心，盛入几粒绿豆大小的黄色小颗粒（据说是王八的蛋），当即有人听见王妈低声怒詈：你才是王八蛋呢！看看，多悬，多不走运，溜沟子不成，反倒闪了舌头。不久，该生便因为“表现不好”被辞退。（关键词：不会来事儿。）

六、表现之意义何在？或曰，你把表现说得如此不堪，那表现还有什么意义呢！不，不不，意义重大，意义重大。到什么山上唱什么歌，这叫遵守游戏规则。我们从小到大，在学校里填写的各类表格，都有“表现”一栏，评价着你，规定着你，威胁着你，制约着你；等到走上社会，又有一个如影随形的鬼一样跟着你的牛皮纸档案袋，里面的各种表格同样都有“鉴定”一栏，用“该同志在本单位的一贯表现……”这样的话语，褒贬着你，升降着你，左右着你，悲喜着你。在一个要求德智体全面发展的美好社会里，这个德字是放在第一位的，而且也是软性的，很难用一个具体的尺度来衡量；不过，你不用发愁，多少年前我们就已经设定好了标准与依据：德之优劣，重在表现嘛！（关键词：档案袋。）

唉！人在机关，身不由己。不表现，只有熬。倘有不情愿“死鸡儿熬白菜”的，不甘心“多年媳妇熬成婆”的（眼见着没熬成婆的比比皆是），因此而激发出强烈的进取心和热切的表现欲的同志们，想从我的这篇小文里寻找门径，登入堂奥，我只能说声抱歉了。“纸上得来终觉浅”——我是说，真知来源于实践；至于临场怎样发挥，如何表现，全看阁下临门一脚的功夫喽！

（《广州日报·每日闲情》2001年5月28日）

谈是非

是可是，非常是；非可非，非常非。

那么，什么才是是非？叫俺说——

利益就是是非。实事求是地讲，有人的地方就有斗争，就有矛盾，就有左中右，就有是非。是非无时不有，无处不在。是非是一种客观存在。是非的客观标准，乃视客观利益而定：只要对俺有利的，俺就说它是是；只要对俺没利——特别是对俺的利益有所损害的，俺就说它是非。这个是非的客观标准嘛，是以俺的个人意志——不，是以俺的个人利益之具体得失为转移的。所谓是非，就是以俺为圆心，以俺的利益为半径，画圆——内是外非。

合作就是是非。众人拾柴火焰高，团结起来力量大，俺就是要大力提倡合作精神。你与俺精诚合作，肯为俺流汗出力把柴拾，你就是做了最明智最正确的选择，你就是是；你不与俺合作而与他人合作，为他人拾柴让他人火焰高，你就是违反合作精神，你就是破坏团结，破坏团结也就等于破坏安定团结（的大好局面），你不是混账、不是“非”，是什么！你与俺合不合作，是个关系到是非的根本问题，是个原则性的大问题啊。

需要就是是非。俺经常对人讲，什么是美？需要就是美。什么什么？废话！俺不需要你，你还能美气吗？所以嘛，俺需要你，你就是能人，你就是完人，你就是水晶心肝玻璃人，你就是是，俺就把你夸成一朵花，奉为一尊神；俺一旦不再需要你，或者说你已经不适合俺的需要，你就是个混混，你就是非，你就趁早歇菜吧！你就识相点夹着尾巴消失吧您哪！

态度就是是非。关于是非的问题，说透了也是个态度的问题。你对俺谦恭一点，乖巧一点，怯生生一点，手足无措一点，俺就觉得你是；反之，俺就觉得你狂妄，就觉得你不识好歹，就觉得你无以复加地非！当然，这个是非问题嘛，从来就不是一成不变的，所谓“此亦一是非，彼亦一是非”，说的就是这么个理儿。识时务者为俊杰，只要你的态度能够及时转变，脑筋能够急速转弯，认清形势，跟上步伐，俺的是非标准也是会相应地做出调整的。是是是非，何去何从，阳关道与独木桥，两条道儿任你挑。

模糊就是是非。模糊是是非的精髓。谁要是不懂得是非的模糊性，谁就根本不配谈是非。花非花，雾非雾，似是而非，似非而是，那效果，蒙太奇，绝佳！尤其在处理具体的是非问题时，俺一贯采取“和稀泥”的模糊手法，有时也不免揣着明白装糊涂（俗称“装孙子”），睁着眼睛说瞎话（北京土话叫“瞎掰”），以混淆视听，模糊是非。倘有哪个“二百五”、“一根筋”，硬铮铮地站出来，非要辩清个是与非，俺只消不屑一顾地挥挥手说，“本来无是非，庸人自扰之”，“来说是非者，便是是非人”，他便顿时感到自惭形秽，无地自容。不战而屈人之兵，乃善之善者也。

家长里短是最大的是非。俺大小也算个领导，是领导就要“兼听则明”。有些领导，对那些跑小腿儿的，传闲嘴儿的，两面三刀的，搬弄是非的，总是持一种批评的态度，排斥的态度，否定的态度；可俺却非常体谅这些人的苦衷，宽容并默许他们的言行。不然的话，对于单位里那些芝麻绿豆蒜皮事，俺怎能够“春江水暖鸭先知”？俺如何去了解“阶级斗争新动向”？俺凭什么神速地搞起了“十来个人七八条枪”？实话告诉你吧，端赖此君。家长里短有政治啊。多少年来，俺高超的领导艺术广为人所称道，岂不知，俺就靠家长里短治天下。正是这些飞短流长的宝贵信息，为俺提供了上下其手、翻云覆雨的决策依据。

俺就是是非。归根结底，在俺这二亩三分地里，谁是是非标准？舍俺其谁欤！古代的皇帝发明了一种“可恶罪”，俺今天又把它发展、提高到了一个崭新的阶段：说你是，你就是，不是也是；说不是，就不是，是也不是——也就是非。俺看你顺眼你就是，俺看你不顺眼你就非。俺把一切是非的最终解释权，牢牢地攥在手心里，信口雌黄，颠倒是非。有谁胆敢跟俺争一是，俺就派他全是非，俺就一门心思把他搞得体无完肤面目全非！即使他逃离了俺辖下的二亩三分小天地，也逃脱不了俺专门为他量身定做的“弥天大非”！俺还会请客送礼，合纵连横，调动一切能够调动起来的消极因素，把他整治得不死也要掉层皮！

也许有人会说，如果是非真地成了这么个鸟样，那岂不成了狗屁都不是！——哼，理他呢！俺牛逼哄哄地活了这大半辈子，最不怕的就是招惹是是非非！

（《广州日报·每日闲情》2001 年 6 月 6 日）

谈“忌讳”

作为“缴枪不缴醋葫芦”的山西人，我竟然不知道“忌讳”是醋的别名，真够孤陋寡闻的。最近由一位漫画家朋友提醒，才算长了点知识。不过，为什么把醋说成“忌讳”呢？是不是因为醋总是跟含酸、吃醋、泼醋、醋妒、酸不溜秋等字眼儿联系在一起，不够体面，不够荣誉，所以要“忌讳”呢？——不管怎么说，为了避免直言“吃醋”，而委婉地说成“来点忌讳”，实在是国人的一个有趣的发明。

而且，“有趣的发明”远不止于此。

古代的太监是怎么回事，大家都清楚。所谓“阉人”、“宦官阉党”之谓，都是太监们“失势”之后，或者是后人面对历史时这么称呼的。而太监在皇宫大内行走的时候，有一个十分响当当硬绑绑的名字——公公。明知已是去了势、失了根的人了，公不公母不母的，却非要呼之为“公”，而且嫌一个“公”字还不够味儿，迭加一个以示强调，以示肯定。公公，这个怪怪的名字，不伦不类，非驴非马，名实不副得很哪！

然而，这叫“忌讳”。

不“忌讳”行吗？有一个现成的例子：一个小公务员看见他的顶

头上司从电梯上下来，赶忙趋前问候："领导您下来了？"上司不悦。第二天，他在电梯口看见上司要进去，急忙寒暄："领导，您进去了……"上司简直把脸都气成个酱猪肝了！"下来了"、"进去了"，这是随便说的吗？这不是咒我吗！咱当官的整天犯得不就是这个心病？小公务员如此不谙上司心理，不懂避忌，等着瞧吧，好果子有他吃的。

记得小时候，邻家有个得了重病的人，医生总是嘱咐他：忌油烟，忌荤腥，忌辛辣，忌生冷，忌房事，忌劳动，忌雨，忌风……总之是"病人多忌讳"吧。不过，生了病的人忌讳多，是为了配合治疗，尽快地恢复健康。可怕的是那些"心理病人"，以及由生理疾病转化成"心理疾病"的人们。他们是那样地敏感，脆弱，猜忌，阴狠，杯弓蛇影，草木皆兵。他们不仅拒绝医治，而且禁忌横生。即如阿 Q 头上有疤，连灯、光、烛之类的东西都不许你说，否则便"满疤通红"，跟你玩命。

幸亏有"忌讳"这张狗皮膏药"一贴灵"来掩丑遮羞，幸亏汉语博大精深有得是词藻供人玩弄，否则，不知"忌公"们将是如何地急赤白脸，气急败坏，如丧考妣，惶惶不可终日。先哲的一句"讳疾忌医"，说得多么透彻骨髓啊！

中国是一个"集忌讳之大成"的国度。古代的就不说了吧。即使到了今天，什么"负增长"（亏损）呀，什么"小姐"（鸡——不，鸡也是一种忌讳，是妓）呀，什么"保持进一步行动的权利"（同时也等于声明了"保持进一步不行动的权利"）呀，呀，呀，诸如此类的"忌讳"，花样翻新，层出不穷，不知何时是个尽头。

当然，在讲究"忌讳"的国度里，也还有百无禁忌的人们。为什么说“童言无忌”呢？就因为儿童是健康、向上、无私而纯洁的人，他们与成熟、诡计、私欲、贪婪、怯懦、无耻以及四处揩油，八面伶俐，暗箱操作，既得利益，图虚荣而招实祸，死要面子活受罪等等，八竿子不搭界！

倘要消灭“忌讳”，当以儿童为师。

（《文汇报·笔会》2001 年 8 月 16 日）

谈目标

一位父亲问正在读中学的女儿，你的人生目标是什么？女儿想了想说，我将来要做数学家和政治家。父亲说，很好；但为了实现这些目标，你现在要从具体事情做起。

父亲为女儿确立了第一个目标：在本学期内考进班里前 10 名。女儿垂下眼睛无力地摇了摇头。要知道，在拥有 47 名同学的班里，她只是一个不起眼的中游学生。父亲鼓励她说，你的数学不是比较突出吗？就先从数学“冒”一下吧。女儿开始在数学上额外用功，月考时数学得了全班第一，于是信心大增。就这样，单科突进，各个击破，她的物理、化学、英语都分别考过班里的第一。不用说，此时她已经跃进班里的前 10 名——准确说是第 8 名。在此后的一年里，父亲又和她一起制订了一个个新的目标：“保十争五”，她跨进了前 5 名；“进五赶三”，她考取了第 3 名；“坐三望一”，她两次考得了全班第 1 名，一次年级第 4 名。由于她头发稀少，脑门凸出，同学们送了一个雅谑：“秃”飞猛进。

有目标的人和没有目标的人是大不一样的。即使是同一个人，有目标的时候和没有目标的时候也是大不相同的。人的目标是由小目标、中目标和大目标构成的，先由小目标达致中目标，再由中目标达致大目标，直至最终实现远大理想和宏伟抱负。

然而每个人在确定具体目标的时候，是很难拿捏的，就像培根说的那样：“目标太大会由于受挫折而灰心，目标太小则会由于收效缓慢而泄气。”所以，每个人在确立目标的时候，一定得从自己的实际情况出发，既量力而行，同时还要有所拔高——但万万不敢拔得太高。试想，本文中的那个父亲一上来就给女儿铁定目标“十日之内考第一”，岂不立马晕菜！

（《新民晚报·夜光杯》2006 年 6 月 13 日）

谈谦虚

谦虚的“谦”在《易经》里是由大地和高山组成的一个意象：“地山谦”。为什么高高的大山要隐入地面之下呢？《尚书·大禹谟》一语中的：“满招损，谦受益，时乃天道。”

谦虚的大敌是狂傲。不过，狂气、傲气总是和才气联系在一起的，也就是人们常说的“骄傲是有傲可骄”。一个人似乎在青少年时期不偶尔狂一把，也成不了什么大气候——设使“龙门少年”王勃在滕王阁上稍作谦让，后世还会有“落霞与孤鹜齐飞，秋水共长天一色”的千古佳句吗？可是，一个人在成年以后依然傲气冲天，癫狂不已，也是终究难成伟器的。试想，整日里感觉良好，自我膨胀，脑子里“自信满满”，哪里还有地方放得进学问和智慧去呢？

有人观察过热带草原上的河马，在群体内闹腾得最欢势的小河马，总是最先被狮子捕获吃掉的。这倒不是狮子口味刁钻，专拣欢势的吃；而是那些平时好折腾、能折腾的小河马，到真地需要奔跑（或竞技）的时候，早已筋疲力尽。这个“丛林原则”也同样适用于人类。一个人成天价狂啊狂的，早晚还不把自己给折腾掉？

我最近在一篇文章中看到，曾是钱钟书老同学的杨宪益说，才高气傲的钱钟书在西南联大时，把人都得罪了，闹翻了，在那里待不下去；后来他意识到了，就取了个号叫“默存”，意思是默默地才能够生存，之后他的锋芒再也不像年轻时那样毕露。也正因如此，才成就了一代学人钱钟书，才诞生了煌煌巨制《管锥编》以及《谈艺录》。

谦虚，不仅应成为一种学习态度，也应该成为一个做人原则，所谓“谦谦君子，温润如玉”。在《易经》六十四卦里，再吉的卦也有不吉的爻，惟有《谦》卦六爻皆吉——这是为什么呢？《易传·谦·象》对此有一个精妙的阐释：“谦，尊而光，卑而不可逾。”把“卑而不可逾”译成一句白话，那就是：谦虚，是不可战胜的。

（《新民晚报·夜光杯》2006 年 4 月 29 日）

毨虱谈

穷生虱子富长膘，自古而然。这话虽与“皇帝身上还有三个御虱”相冲突，但其实大方向是不错的。“御虱”者三枚，尚须“还有”来夸饰，足见其希奇珍贵的程度了。周作人先生在《看云集·虱子》中记：“据说徽宗在五国城，写信给旧臣道：‘朕身上生虫，形如琵琶。’”这使我联想到一位友人曾携小女回乡，看见田野一片金黄的谷穗，其女惊呼：“怎么把麻花都吊起来了！”今日看来，御虱之于“琵琶”，谷穗之于“麻花”，如出一辙。

然而，惯于生虱的穷人，是作不出“形如琵琶”的惊人雅语的；不过，在肉搏的实践中，他们却总结出一套捕猎的方法。一虱出动，于痒处伸手一扪便得，肥白胖大者，以拇指和食指一捻，叭的一声，强虏灰飞烟灭；捉着个羸弱瘦扁者，放置砖石或木器上，指甲刃之，无音响，无迸血，远不及肥白者壮烈。若能偷得半日闲暇，盘坐院落，将衣衫铺晒于明媚灿烂的阳光之下，那久居暗处的虱们，经不住强光的刺激，便凄凄惶惶地窜将出来，一副丧魂落魄相；此际，只用两拇指指甲将这小畜牲相对一夹，咯叭，就地正法了。

捕虱的最佳时机，莫过于晚上临睡之前了。趁着夜色，那些肉肉的小精灵，便要完成它们那有血有肉的晚餐。你就着如豆灯光，披开褴褛的衣衫，用指甲搜抠，以指甲击毙，干脆，利落。虱多时，倘是单衣，且为布衣，烧汤煮烫，彻底歼灭。如棉衣，又豁然有洞，则衬在木板上（如面案之类），两手反把住一只青磁大花碗的边儿，将碗沿儿侧立衣洞周遭使劲儿地左右辗轧，并徐徐推进，声响密集如爆豆，所经之处，点点血迹渗出；若条件不备，便以齿啮咬，到紧要处，噼噼叭叭，杀声渐骤，齿发酸，口生津，咽一口唾沫，味道微咸——中医讲“水生咸，咸生肾”，照此推断，虱之肉血或许有“滋阴壮阳”之功效，亦未可知。

不过，虱子虽系寄生虫科，然捕而杀之，亦未必安全。据说，“文革”期间，有几位老教授下放干校去“闹革命”。不久，众皆生虱，每从坐于融融阳光下披衣捕杀。它日，一教授玩笑说：这是“闹革命”的产物，应该叫“革命虫”罢。这一说不要紧，众教授再不敢将“革命虫”们生生掐死了。实在忍受不了它们的“革命行动”时，便小心翼翼地一枚枚一匹匹捡出来，丢在地上，播洒“革命的种子”。

“革命虫”——多么崇高而美丽的名字啊！

也食肉，也吸血，只因挂了“革命”的名，便不复有谁敢处死这些寄生的孽障了。西方中古时代的教会，尊虱子为“神的明珠”，恐怕就因为其本身就是“虱子”的缘故吧。

认谷穗作麻花，乃童稚的浑朴天真，正不失其可爱。而宋王朝的皇帝老儿，竟也“浑朴”到只识得歌舞场上的琵琶，却不知寒窑里的破衣每时每刻都在孳生孽虱。好在平头百姓百无禁忌，熟稔毙虱之道也。

（香港《大公报·大公园》1991年8月15日）

第二辑　东拉西扯

羡慕嫉妒恨

不要把它分开来读，也不要写成“羡慕、嫉妒、恨”或者“羡慕·嫉妒·恨”，那将会削弱它的表达效果，甚而使之韵味尽失。“羡慕嫉妒恨”是一种修辞。就像“神速麻利快”描摹一种“快”，就像“刁巧伶俐奸，敌不过忠厚老实憨”表达“老实常在，奸猾一时”之命意；把同义词或近义词反复叠加，说“快”就极言其快，说“奸”就极言其奸，通过紧凑、复沓的形式，表达鲜明、强烈的情感，追求一种奇特、夸张的效果。

而且，“羡慕嫉妒恨”不仅强化了中心词“嫉妒”的表达效果，还包含了嫉妒的结构层次和来龙去脉——嫉妒，从何而来，又将向何处去？

嫉妒从羡慕来。羡慕是看到别人有某种长处、好处或有利条件，希望自己也有；嫉妒则是看到别人拥有这些东西，情绪抵触，心生恨意，你越是“向阳石榴红似火”，他越是“背阴李子酸透心”。日本的阿部次郎在《人格主义》中讲道：“什么是嫉妒？那就是对于别人的价值伴随着憎恶的羡慕。”歌德讲得更透彻：“憎恨是积极的不快，嫉妒是消极的不快。所以嫉妒很容易转化为憎恨，就不足为奇了。”羡慕——嫉妒——恨，正好画出了嫉妒的生长轨迹，始于羡慕终于恨。羡慕只是嫉妒的表层，恨才是嫉妒的核心。

那么，恨什么呢？在我国古代的一些典籍中，把“嫉”和“妒”作了区分。王逸为《离骚》“各兴心而嫉妬”作注：“害贤曰嫉，害色曰妬。”郑玄为《诗经·召南·小星序》“夫人无妬忌之行”作笺：“以色曰妬，以行曰忌。”邹阳《狱中上书自明》亦讲道：“女无美恶，入宫见妬；士无贤不肖，入朝见嫉。”译成现代文，“嫉”大概相当于“红眼病”，侧重点在才能和仕途；“妒”大约相当于“吃醋”，侧重点是性和情爱。撮其要旨，一“贤”一“色”，男才女貌，是最易招致忌恨的。这也正是孔子的高足子夏强调“贤贤易色”的原因所在吧？

由于嫉妒二字均有“女”旁，会让人联想到女性多嫉妒。然而事实上，男性在嫉妒这个领域里也表现得毫不逊色。据《旧唐书》李益传记载，集大才子、大公子、大官人于一身的唐代大诗人李益，“少有痴病，而多猜忌，防闲妻妾，过为苛刻，而有散灰扃户之谈闻于时，故时谓妬痴为‘李益疾’”。堂堂正史，专门记载以个人名字来命名的一种“疾病”，可见李益这爷们在该项目上的造诣之深。其实，嫉妒是人的一种本能。谁没有嫉妒过别人？你没有吗？谚云：“炎凉之态，富贵甚于贫贱；嫉妒之心，骨肉甚于外人。”骨肉尚且嫉妒，况他人乎？所区分者，只是每个人的嫉妒心之强弱不同罢了。据美国的一项研究表明，“微妒”可以激发人的进取心和竞争意识，似乎并非什么坏事。所谓“微妒”，犹如菜肴中起调味作用的佐料，而佐料终究不能当饭吃。如果一个人的嫉妒心过于强烈，“中夜恨火来，焚烧九回肠”，整日里痛苦着别人的幸福，幸福着别人的痛苦，长之以往，人何以堪！

常言道，距离产生美。可是近距离却产生嫉妒。《世说新语》里有“妒前无亲”一语，我觉得“妒前”（痛恨站在自己前面、超过自己的人）这个词儿特别精妙传神。培根说过：“人可以容忍一个陌生人的发迹，但绝不能忍受一个身边人的上升。”我们平日里所说的“同行是冤家”、“文人相轻”，也是这个道理。尤其在文人堆儿里，有的人看见别人写一手好文章，极易产生瑜亮情结，一边妒火中烧，一边又讳莫如深，别有幽愁暗恨生，此时无声胜有声。说不出来的苦最苦，无言的嫉妒最深。人一旦暗生嫉妒，看人的眼光立马就“独到”了，量人的尺度也分外地“严格”了。他会凝神屏息地等待着你出点情况，甚而处心积虑为你设计制造一些情况。而真正的文人，又往往是些口无遮拦大行不顾细谨的人物，很容易让有心人抓住借题发挥的“把柄”——得！正愁没窟窿下蛆，来了个卖藕的——那还不从“人格”上彻底搞垮你！

嫉妒狂，是小人最显著的特征之一。何谓小人？唐太宗说得最简明：行善事则为君子，行恶事则为小人。《圣经》称嫉妒为“凶眼”。小人不仅有“凶眼”，而且还会充当“凶手”。因为一般的嫉妒，只是停留在心理层面上的“忌恨”，对别人并不造成伤害；而小人则会在“忌恨”之后采取一系列“后续手段”，用毁谤、打击甚而戕害他人的卑鄙手法来增加自己的相对高度，以达到其目的。因此，在嫉妒生成之后有无“后续手段”，是判断是否小人的一道分水岭。

“羡慕嫉妒恨”，一语五字，蕴含着多么丰富的内容啊！恨源于嫉妒，嫉妒源于羡慕——换言之，恨源于爱，嫉妒源于不如人。对一个人来说，被人嫉妒即等于领受了嫉妒者最真诚的恭维，是一种精神上的优越和快感；而嫉妒别人，则会或多或少地透露出自己的自卑、懊恼、羞愧和不甘，对自信心无疑是一个打击。学到知羞处，才知艺不精。一个人正是透过嫉妒这种难于启齿的情感，才真切地意识到了自己的不如人处。

（《今晚报·副刊》2007 年 4 月 3 日）

（香港《大公报·大公园》2011 年 5 月 15 日）

官满如花谢

俗话说："十句谚语十句真。"透过民谚俗语来研究旧时代的官场，更能把官情世态看得明白通透。

第一句："求官如鼠，得官如虎。"

俗话说："未做官，说千般；做了官，都一般。"未做官时，那叫个义形于色发扬蹈厉说得（包括写的）堂而皇之漂亮之极啊！可是做了官呢？先是缩脖子，装孙子，夹着尾巴做小官；一旦官做大了，那可不得了了。俗话说："官升脾气长，位高架子足。"又说："官大福大势大，财粗腰粗气粗。"还说："官大了，人胖了，大爷大娘全忘了。"总之一副"求官如鼠，得官如虎"的变色龙嘴脸。为什么那么多人喜欢钻营当官呢？有个朋友说过一句极其精彩的话："当官的好处说——也——说——不——尽！"且不说"三年清知县，十万雪花银"，仅是"一人得道，鸡犬升天"就够人垂涎直下三千尺。明·张岱《夜航船·选举部·官制》："凡品级官员封及其母妻者，正从一品，母妻封一品夫人；正从二品，母妻封夫人；正从三品，母妻封淑人；正从四品，母妻封恭人；正从五品，母妻封宜人；正从六品，母妻封安人；正从七品，母妻封孺人。”这也正好应了一句俗语：“嫁了官人当娘子，嫁了屠夫翻肠子。”

第二句：“官大一级，嘴大一尺。”

俗话说：“官大一等，理长一分。”又说：“官大一级，嘴大一尺。”还说：“官字两张口，没有也说有。”不仅嘴巴大，而且手也长。正所谓“文官三只手，武官四条腿”（文多一只手捞，武多两条腿逃），并且“贼是暗地里偷，狗是背地里咬，土匪是拦路抢，官爷是明着要”。官人不仅手长，而且手狠。老话常说：“民错了，官打哩；官错了，打民哩。”又说：“心不黑，官不红。”在这种“官大一品压死人”的专制环境中，各级大小官员摸索出一套行之有效的官经，叫做“瞒官莫逆官”——就是尽可以对上级领导瞒哄和欺骗，但千万不敢硬顶，即使有理也不行。在这种氛围里熏陶出来的芝麻小吏们，手段也十分了得，有的比长官更厉害。诚如俗话所说：“任你官清似水，怎奈他吏滑如油。”并说：“诸般杂症好医，唯有吏病难治。”

第三句：“官大自险，树大招风。”

俗话说：“位尊者忧深，禄重者责大。”又说：“官高必险，伴虎而眠。”还说：“官大自奸，水大自淹。”何哉？明·朱载堉有一首十分有名的《十不足》：“终日奔忙只为饥，才得有食又思衣。置下绫罗身上穿，抬头又嫌房屋低。盖下高楼并大厦，床前缺少美貌妻。娇妻美妾都娶下，又虑出门没马骑。将钱买下高头马，马前马后少跟随。家人招下十数个，有钱没势被人欺。一铨铨到知县位，又说官小势位卑。一攀攀到阁老位，每日思想要登基。一日南面坐天下，又想神仙下象棋。洞宾与他把棋下，又问那是上天梯？上天梯子未做下，阎王发牌鬼来催。若非此人大限到，上到天上还嫌低！”人心如此，官心如此。没当官的想当官，当了小官想大官。然而官场是个金字塔，越往上位子越少，可是瞄着的人、进攻的人却越来越多。所以说：“官大自险，树大招风。”

第四句：“十山九无头，官至三品休。”

俗话说：“官到尚书吏到部，人到讨饭尽了头。”又说：“十山九无头，官至三品休。”三品是个多大的官？各个朝代不一样，大致在尚书和侍郎之间（折合成现代的职级，尚书相当于正部级，侍郎相当于副部级）。譬如，隋代的六部尚书都是正三品，侍郎则只有吏部侍郎是正四品，而户、礼、工、刑、兵五部侍郎都是从五品。唐代的六部尚书都是正三品，侍郎则只有吏部侍郎是正四品上，而户、礼、工、刑、兵五部侍郎都是正四品下，六部二十四司郎中都是从五品上。金代的六部尚书都是正三品，侍郎一律是正四品。明初沿用元制，到洪武十三年（1380年）撤销中书省并废除丞相职务，六部职权大大提高，成为直接向皇帝负责的中央最高一级行政机关，六部尚书都是正二品，而左右侍郎都是正三品。张岱《夜航船·选举部·官制》对明代的正从九品官列了一张明细表，谨录一、二、三品如后：“正一品：太师，太傅，太保，宗人令，左右宗正，左右宗人，左右都督。从一品：少师，少傅，少保，太子太师，太子太傅，太子太保，都督同知。正二品：太子少师，太子少傅，太子少保，尚书，都御史，都督佥事，正留守，都指挥使，袭封衍圣公。从二品：布政使，都指挥使同知。正三品：太子宾客，侍郎，副都御史，通政使，大理寺卿，太常寺卿，詹事，府尹，按察使，副留守，都指挥佥事，指挥使。从三品：光禄寺卿，太仆寺卿、行太仆寺卿，苑马寺卿，参政，都转运盐使，留守司指挥同知，宣慰使。”看一看，比一比，就知道三品官也不是谁都可以搞到的。俗话说："望山跑死马，望鱼馋死人。"官场亦如是。倘一级一级不停地往上窜，哪里是个尽头！

第五句："官场如唱戏，你来我就去。"

明·汤显祖《牡丹亭·虏谍》："万里江山万里尘，一朝天子一朝臣。"俗话也说："一朝天子一朝臣，这朝不用那朝的人。"官场里永远有兴替，有斗争，不是东风压倒西风，就是西风压倒东风，你方唱罢我登临。俗话说："官场如戏，官场无义。"又说："官场如唱戏，你来我就去。"如果你来我去的"去"是履新高就，那自然是"春风得意马蹄疾，一日看尽长安花"；如若这个"去"是告别官场，告老还家，从此黄鹤一去不复返，那就会生出"流水落花春去也，天上人间"的慨叹。所以俗话说："官难离堂，儿难离娘。"又说："相逢尽道休官好，林下何曾见一人？"还有一些官人，在其人生最宝贵的黄金时段，是在"全心全意"地为他人设置障碍，制造困难；他们似乎觉得这样很有快感，很有成就感噢！然而，这种人一旦下台，威风不再，血债血还，晚景往往十分悲惨。因而他们更加贪权恋栈，非常恐惧看到下台落幕的那一天！

第六句："官情薄如纸，心事乱如麻。"

官场中人，多是竿木随身，逢场作戏。俗谚云："官情长，私情短。"官在位，情深深，热嗡嗡，闹哄哄；官下台，情何如？义何在？古得拜！即使你一手提拔的人，从前是公堂受爵，私室谢恩；而今你的尊臀刚离开位子三分钟，他便没了踪影。俗话说："官在殷勤在，官丢奚落来。"又说："官情薄如纸，心事乱如麻。"形成反差最大的是，

“官娘子死了满街白，官人死了没人抬”，“将军狗死人吊孝，将军死后没人埋”。

第七句：“好好开花好好谢。”

《红楼梦》第二十七回林黛玉吟唱的《葬花词》，头一句：“花谢花飞飞满天，红消香断有谁怜?”末一句：“一朝春尽红颜老，花落人亡两不知!”不知怎的，每读到这两句，我就会想到俗话所说的“官满如花谢”。记得前些年读《黄帝内经》，令我非常吃惊的是，“精神内伤”竟是官场失意所致。《黄帝内经·素问·疏五过论篇》：“诊有三常，必问贵贱，封君败伤，及欲侯王，故贵脱势，虽不中斜，精神内伤，身必败亡，始富后贫，虽不伤斜，皮焦筋屈，痿躄为挛，医不能严，不能动神，外为柔弱，乱至失常，并不能移，则医事不行。”清代大医家张志聪注：“封君败伤，故贵脱势，及欲侯王而不可得，此忧患缘于内，是以精神内伤。《灵枢经》曰忧恐忿怒伤气，是三者皆不能守而失其常矣。”因为丢官，竟至于“内伤”，竟至于“失常”，从而丢了性命。这个官字，可谓误尽苍生矣！其实，花开即有花谢日，上场必有下场时。既然是“官满如花谢”，那就要“好好开花好好谢”。不过，非上上智，无了了心。只有在风疾雨狂时，立得住才见脚跟；每处于花繁柳密处，放得下方显胸襟。孔子对没有位置，悠然而曰：“不在其位，不谋其政。”孟子对失去位置，潇洒而道：“我无官守，我无言责也，则吾进退，岂不绰绰然有余裕哉!”

（收入拙著《母亲词典》，2010年，中央编译出版社）

（香港《大公报·大公园》2011年5月22日、23日）

每逢佳节倍思官

又到年头岁尾，想起一桩往事。

在我曾居住过的那个城市，流传着一句新民谚：大年三十敞开门，八月十五回不转车。前半句讲某些官员每年除夕“门户开放”，张网以待“拜年人”鱼贯而入；后半句讲每年中秋佳节，在官员居住集中的某一地段，车流如过江之鲫，道路阻塞二三日不得畅通。为了杜绝与官员们“授受相亲”，市委市政府调集公安干警日夜站岗守护大门，但还是有人逾墙而入，不慎摔伤了腿。问他怎么伤的，答曰月光太暗。于是有人揶揄：月到中秋分外暗，每逢佳节倍思官！

你说这人也真邪乎，逢年过节，放着自己的亲娘老子不思孝敬，却总是挖空心思盘算着当官的还缺点什么，管不住自己两条腿儿跑到人家府上去锦上添花。漫画家詹同曾作过一幅小鬼给钟馗挠痒痒的漫画，题为“百鬼斩尽，此精独留”。“此精”者，“马屁精”也，并非什么好名号，何以有人争先恐后心甘情愿作“此精”呢？也许有一个特例最能说明问题。据《南方周末》载，原延庆县委书记刘金生本是顺义一个镇党委书记，但他特会“每逢佳节倍思官”，别的不说，仅小汽车就先后送出 8 辆，于是便“好风凭借力，送我上青云”矣！

这就不难理解为什么近年“跑官”之风颇盛。一个“跑”字有讲究：跑，从足，从包。每逢佳节去跑官，不仅腿脚要灵便，怀里还得揣着“红包”；没有“包”的“跑”，是光脚丫子白跑冤枉路，不被呵斥“滚出去”就算万幸。刘金生屁颠儿屁颠儿一路小跑，乃盯着县委书记或者更高的位子；而那些个窃居要津的一般人等，欢迎刘金生之流颠儿来跑去，在乎的也只是香车美人钞票金条。这似乎是一条双利互惠的“双赢定律”。

猪往前拱，鸡往后刨，各玩各的一套。有些人作官的目的就是“捞”，“捞”了再去“跑”，“跑”到更大的官后继续“捞”，滚动前进，恶性循环，相互感染，其势泛滥。如果不能从制度入手、不能从根本上变“双赢”为“双输”——使腐败者身名俱裂；那么，即使年头岁尾再多发几个“红头文件”亦无济于事——对于尝到“跑”的甜头的某些人来说，依旧思官如流水，无时不悠悠，小腿儿跑得倍儿溜！

（《中国妇女报·未名集》1998 年 1 月 19 日）

官样文章

我不知道有多少人有过这种糊涂观念：官样文章容易做。我曾在相当长的时间里认为，官样文章嘛，不就是逢时应景，看风使舵，四平八稳，不痛不痒，扯一通正确的空话的“八股文”吗？有何难哉！

然而，错了。当我进入某报搞评论的时候，才明白官样文章这碗饭不是谁都能吃下去的。钱钟书在《围城》里借小说中人物之口说过“平庸得就像社论”。不是我故意唐突大家，倘真给钱先生下达写一篇社论的任务，怕还真难住他呢。我当“评论员”分配到的第一个题目就是“本报系列评论员文章”之中的一个：《不拿群众一针一钱》。该怎么做呢？题目不是明明白白一句话说清了吗？既然一碗白水清澈见底儿，还有一股两股三股八股费力巴兮展开阐述的必要吗？何况，现在但凡敢伸手去“拿”的领导干部，动辄成千论万，甚而百万千万不足奇——“一顿饭吃了一头牛，一屁股坐掉一栋楼”是何等气象，说这种“一针一线”引喻失义的话，岂不让“大拿”们齿冷！一位老杂文家曾笑着对我说，如果真有“拿群众一针一线”的干部，群众倒高兴了，大加提倡犹恐不及，为何又在前边添上“不”这条蛇足呢？像我等这样犯嘀咕，文章自然做不出来。

还是我们头儿行，天生就是吃官饭的料。他说“看我的”，爬在桌子上不到两个半时辰，一篇万言大论就洋洋洒洒出笼了。我一边拜读范文，他一边画龙点睛：“写这种文章，注意三点——参照大报社论，糅进书记讲话，再按照总编的口吻写出来，就合格交卷了。”我说：“那我们自己的观点呢?”“谁要你的观点啊——我们是‘喉舌’!”“那么，我们写稿领导念，到底谁是谁的‘喉舌’?”头儿不悦。

我无意取悦于谁。反正，官样文章这碗饭我是吃不下去。没有金刚钻儿，奈何磁器活儿？故只好三十六计走为上。这使我突然想到另一件事。常听人说：“现在的有些官，让谁当谁就能当。”恐怕未必。原因嘛，说不定与官样文章有异曲同工之“难”呢!

（收入拙著《撒娇的流派》，1996 年，中国戏剧出版社）

有笔的人

早年有一个相声段子，说一个人在前胸口袋里插一支笔是小学生，插两支笔是中学生，插三支笔是大学生，而插四支笔就是修笔的了。逗人一乐。

其实，不管在胸前插几支笔，并不能代表一个人的真实水平；就像有的人天天舞文弄墨耍笔杆子，却称不上一个有笔的人。我知道一类文人，文章写得蛮多，名头也颇不小，但他们所谓的“创作”，就是今天为张三立传，明天为李四捉刀，“著书皆为稻粱谋”。有一位“大家”还自我标榜，他的顶头上司出版文集，其中有3/4的文章出自他的手笔，他因此而获得了“令多少人艳羡”的房子、车子和位子，他也因此有了“常峙节得钞傲妻儿”的资本，并每每在文章中显山露水，字里行间流露出一种沾沾自喜。然而，这不能算是有笔的人，他充其量不过一枪手耳。

有笔的人不仅是有水平有文采的人，他更是有自由之思想、独立之人格的人。有笔的人一定是真诚的、勇敢的、“我手写我口”的、有良知的人。有笔的人当然还是“穷年忧黎元，叹息肠内热”的富有正义感和使命感的人。有笔的人最重要的不在于他写了什么，而在于他不写什么。对于一切趋炎附势溜须拍马人身依附帮闲抬轿的文人枪手来说，笔，何有于他！

伏尔泰说：我没有权杖，但我有笔。

鲁迅说：我有一支笔，叫“金不换”。

我想说：生为文人，当以有笔为荣。

（《新民晚报·夜光杯》2006年6月24日）

撒娇的流派

撒娇之事，古典的近代的，大约仅限于妻对夫，女对父或恋人之间。据鄙人近来观察，撒娇的重点正在向政治经济领域转移，且流派纷呈，其中影响较大的就有三大流派——

怯娇派：此派成员惯于“装孙子”，在同性上司面前，言谈举止，均作女郎怯生生之状；尤以说话时分，未语先红，娇言半吐（似乎舌尖秃了），不胜羞怯柔媚之态，煞是可爱。他们意在以自身之卑怯，来反衬上司的高大、完美、威严，将自己的人格一概扔到垃圾堆中！趁此时提一些个人要求，谅上司定会慨然允之。此派属内秀型。

泼娇派：此派成员一般艺高胆大，口齿伶俐，且有一定的“关系”可与上司攀附。比如表姨夫是上司的老上司，或者自己曾在上司还没有成为上司时，就跟他说过几句玩笑话……诸如此类，有了这层“关系”，就敢在上司面前摆出一副无赖相——先含情脉脉地直看着上司的眼睛约一二十秒，然后再破口大骂：“我说钱科长，你他妈的不要娶了媳妇忘了娘呀，这次不给老子搞到彩电和聚丙乙稀，看着，老子搬下你的脑袋当夜壶（尿壶）!”骂到玄处，往往使旁听者都要捏一把汗。但敬请读者放心，他们破口时破得相当适度——你看他边笑边骂，骂得刁泼而又亲切，使上司不抓痒处就能笑出声来！这等到功夫，几人来得？由于泼娇派诸人大多来自更高层次，天资又好，故多属外向型。

嗔娇派：此派成员往往善解人意，精于迎合。譬如上司微恙初愈，他就会瞅个适当的机会（一般在人多的场合，或者有上司的上司在场），对上司佯怒薄嗔道："活该！病了怨谁？一干起来就不要命了，一个人干得比全单位的人还要多，跑上，忙下，还要横向联系，哼，不病才怪呢！"说到要紧处，再滴溜溜地丢过一个恨铁不成钢的假怒真疼的媚眼去，上司便感到哎呀你比我老婆还疼我！如此数次，必生奇效。此派有一秘不传人的铁戒：既要使上司心里痒酥酥地舒服，又不至让听众感到热辣辣地肉麻。若不能两全者，不能归入此派。还有，泼娇者在行娇时有一二十秒的预备期，时间比较从容；嗔娇者则不然，他须是眼疾口快，瞅准时机便说，要不，让伙计们抢去了，不仅暗恨人家一辈子，而且要心疼上个把月。正因如此，此派大员往往宿敌颇多，怨骂之声每每不绝于耳。

此外尚有"捧娇"、"跌娇"、"哈哈娇"及"滑稽娇"等，但无论从声势上还是影响上，都不敢与上三派同日而语，故不一一。

目前，尽管"娇派"众多，但撒娇之受用者的水平也在不断提高，故撒娇的行情仍然看涨。今后，各"娇派"是否能在纵深方面形成新的突破，请诸位拭目以待。

（《人民日报·大地副刊》1988年9月12日）

（《读者文摘》1989年第2期）

假如俺是名人

假如俺是名人，俺将热衷于打官司。

虽然俺从未见有好德甚于好色者，好名甚于好货者，但俺名人之名确乎不同凡响，既金贵又娇贵，动辄被那些冒失鬼们不留神触着根儿神经擦破点儿皮，俺便就势躺倒在地指控他侵犯了“名誉”，触犯了法律，好让俺趁机敲他娘的一杠子！假如俺是名人，俺决不放过任何可以一打官司的机会；否则，“一失机成千古恨，再回头已百年身”，俺将会抱憾终生的。军阀混战时期有句好话：炮弹一响，黄金万两。今儿个俺这官司一开张，你瞧名声那个“火”呀，钱财那个“潮”呀，竟是恁般地水火相容相洽又相得益彰矣！

假如俺是名人，俺会面不改色心不跳地说：在法律面前名人平等。但俺却专门搜寻名头比俺大的名人打官司。华君武那老头子画过一幅漫画：一个人自动褪下裤子趴在地上呼叫“快来打我吧，一打就出名了”！打肿脸充胖子，打肿屁股充名士，虽古已有之，然于今为烈。你听人家前贤的话就是说得有味儿：雷霆雨露，俱是天恩。与名头大的人打官司实在是一种“挨光”——就是西门庆在王婆的传授下与潘金莲做成的那种勾当。

长袖善舞，大名善贾。如今什么事儿都讲究个机遇，讲究个分寸，也就是把握好个“度”。假如俺是名人，俺知道什么时候官司该打，什么时候官司该停，朝言秦、暮言楚、翻手云、覆手雨又绝非仅俺一人。灵活机动乃战略战术。敌进我退，敌驻我扰，敌疲我打，敌打我笑；收收放放，打打停停，和而后打，打而后停，战线拉得愈长，名声炒得愈火，事业爆得愈红。虽说俺的脸翻得比武大郎的炊饼还要勤，令局外人看得眼花缭乱，头晕恶心，但俺也没有什么不好意思的——谁叫俺是名人呢！名人之名与人并不属于自己，而是属于全人类的物质与精神财富；尽管你胆敢碰俺的“名誉”一下，仍免不了吃不完的官司兜着走！

假如俺是名人，没有官司的日子可真让俺怎么过！哪怕是打一枪换一个地方，纵然打不出个大场面，鼓捣不成个大气候，也总比不打的强啊。这年月，拿不下几场硬官司还成其为名人吗？假如俺是名人，俺可耐不得这份寂寞，抗不住这份煎熬，俺将邀人来唱双簧戏：你周瑜来俺黄盖，你佯打来俺佯挨，你那边皮里阳秋神龙见首不见尾，俺这厢袖内乾坤犹抱琵琶半掩泪……到头来你与俺合伙编他娘的一部《官司记》（保准畅销），你也出了名，俺也发了财，咱哥儿俩天地良心笑眯眯地回过头来坐地收名又渔利。妈妈哟，世界上竟有这等名利双收的好事体！假如俺是名人，要制造这等好事，舍俺其谁欤？

“假洋鬼子”有句格言，叫做：“NO——这是洋话，你们不懂！”你没做过名人，自然也不可能体会俺名人官司的妙处——个中妙处难与君说——要不何以名人官司成风成灾而且上火上瘾打不败呢？假如俺是名人，俺总是满脸正经地说，这是天赋人权嘛！这是法制观念的加强嘛！这是自我保护意识的觉醒嘛！可是，只要俺们名人哥儿们扎堆儿聚一块儿，大家都会说，啊呀呀，你快算了吧！

昔年庄周梦蝴蝶，说蝴蝶也曾梦见他老兄。假如俺是名人，还真不知到底是官司找俺打呢，还是俺找官司打上门呢！

（《中国青年报·求实篇》1993 年 3 月 9 日）

“药膳药水”

用拼音输入法在电脑上敲“乐山乐水”，打出来的却是“药膳药水”，呵呵呵，解人颐。“乐山乐水”语出《论语·雍也》：“子曰：‘知者乐水，仁者乐山。知者动，仁者静。知者乐，仁者寿。’”文中三个“乐”字读音不同，前两个读作 yào（要），当喜好、爱好讲，后一个读作 lè（勒），当快乐、开心讲。

现在的问题是，将“乐山乐水”读作“勒山勒水”可以吗？答案是否定的。不过，在余秋雨先生最近担任中央电视台青年歌手大赛评委之前，没有几个人把它当成一个问题。我敢说，不少人其实跟学问淹博的余秋雨先生一样，长期以来是把“乐山乐水”读作“勒山勒水”的。只是在一些电视观众指出“乐山乐水”读作“要山要水”之时，他们才挺身站出来，说，这个嘛，读“要山要水”啊！不仅“有些人”是这样的，就连我们最常用的、也是在全国最普及的、累计总印刷高达334 次的《现代汉语词典》（商务印书馆），对“乐”字的注音也只有两个：lè 和 yuè。好在《新华成语词典》（商务印书馆，2005 年版）在“乐山乐水”条目下，特意注明：“乐，不读 lè 和 yuè”。

把“乐山乐水”影响搞大了的余秋雨先生，是当今中国学术界、文学界乃至音乐舞蹈戏剧影视界的一位山斗级大师。大师自有大师的风范，不像普通人那样知错就改，转弯特快。当央视的数万观众发短信指出“乐山乐水”应读作“要山要水”之时，余先生一如既往地坚持读“勒山勒水”，并说这是约定俗成。至于谁和谁约定的，怎么个俗成法，大师未作诠释，笔者不敢妄揣。不过，根据余先生从前把“致仕”（退休）解释为“谋取官职”（见余秋雨散文名篇《十万进士》)，而且振振有词决不更改；这回也不要对“更正”寄予太大的希望。

诸如此类的情况，不仅余秋雨先生一人，也不仅“乐山乐水”一词。比如，鲁迅先生《阿Q正传》开头的那句著名的话：“从来不朽之笔，须传不朽之人，于是人以文传，文以人传——究竟谁靠谁传，渐渐的不甚了然起来，而终于归结到传阿Q，仿佛思想里有鬼似的……”仅我所看到的，就有不少专家学者作家大师，把几个“传”字引用、发挥得啼笑皆非，而自己却感觉良好，浑然不知。

榜样的力量是无穷的，坏榜样的力量是贻害无穷的。余秋雨“乐山乐水”事件发生之后，陆续有一些作家、专家著文，大谈什么“乐山乐水”读作“勒山勒水”是完全可以的嘛；有的还把余秋雨比作苏东坡，说是受到了“小人”们的无端围攻，这名人可怎么当呀！这真叫：找不着官儿，胡绕弯儿！动辄把是非和问题扯进“人格”和“道德”的酱缸里搅和——你敢说名流的不对，你就是个地道的“小人”——这是谁家的混账逻辑？

我今天专门写文章谈“乐山乐水”的读音问题，会让人联想到迂腐可笑的孔乙己；甚至还会有人认为，这纯粹是吹毛求疵。然而，在大庭广众之下（央视一套黄金时段），且堂而皇之地（“青歌赛”综合素质评委），念错字、讲错义，望文生义，想当然耳，谬种流传，误人子弟，这难道是一桩小事情吗？更可恶的是这些所谓的名流大腕，知错不改，讳疾忌医；而另一些名人或凡人又在不懂装懂，强作解人。这是一种多么恶劣的文风、作风乃至世风啊！尽管，我知道我的这篇小文，对于此种恶劣风气算不得什么“猛药”，充其量只是一种“药膳药水”；然而，我想写，我写了，于愿足矣。

（《中国社会报·社会周末》2006 年 7 月 14 日）
（香港《大公报·大公园》2007 年 1 月 29 日）

捧死人的不偿命

幼时尝听老人们说：哄死人的不偿命。经历了世事沧桑，回过头来琢磨这句话，还真有点“春秋笔法，微言大义”的味道呢。试想，一个会哄人的人，能够把人哄得肉麻心跳，喜出望外，突然心肌梗塞，口吐白沫背过气儿去，嘴角眉梢还余留着一丝满足的笑意，可谓“安乐死”矣——谁又能够对这位哄死人的“高人”谴责些什么，或者追究何种法律责任呢？

但把人哄死毕竟有点夸张，或者说，“哄死人的不偿命”本来就是一种夸张而幽默的说法。因而，我给它改了一个字：捧死人的不偿命。

也就是不久前，一个文学青年兴奋地对我说，某某老师说了，他要把我捧成一个“大腕儿”！我问，怎么个捧法？青年人答：在各大报上写文章。我说，第一，“各大报”是某某老师自己开办的吗？既然不是，就不见得什么文章都能在“各大报”上发表；第二，你给某某老师按月发薪水吗？如果不，他就不会经常写文章来捧你，要捧，也会捧那些正在当红的“大腕儿”（事实正是如此）；第三，就你所知，有哪个“大腕儿级”作家，不是凭自己的作品，而是靠别人在报纸上吹擂一通捧红的呢？——青年人讪讪的，显得有些失望。

他大可不必失望。因为，被人“捧”未见得就是一桩美事。这个世界上，有一种人名叫“捧人”，他们的职业就是“捧”人。

我认识一个人（姑隐其名），算得上是个有才华、有抱负的人。因为工作出色，成绩显著，三十出头就被破格任命为一个不小的单位的“一把手”。年纪轻轻忽然担当大任，一忽儿感觉良好，一忽儿心里发虚，本来就有点把握不住自己；加之突如其来扑上来一干人等，变着法子贴近身边，说些歌功颂德的好听话，你吹我捧，轮流轰炸，终于捧得他不知道自己姓甚名谁找不着北，自我膨胀，大耍特权，结果栽了。如今，“捧人”们已经得到了他们当初想要得到的，转身又去趋奉别的“新贵”去了；而此人却只得到一个沉痛的教训：“我是被他们捧杀的!”（当然，他也应该反省自己。）

现实生活中，此类事例并不罕见。新闻媒体“炒”明星，炒红一个，就差不多等于毁了一个；记者和作家“吹”企业（包括企业家），也差不多是“撂倒一个俘虏一个”——例子就不必再举了吧？

鲁迅先生在六七十年前就曾写过一篇题为《“棒杀”与“捧杀”》的杂文，可见“捧”亦并非什么“新发明”，“捧人”也不是什么“新人类”。世界上绝没有无缘无故的“捧”。“捧人”们“说的比唱的还要好听”，目的很简单，就是为了把有利用价值的人一举捧晕了，然后加以利用，或者互相利用。正因如此，不少以艺术为生命的人，被捧得断送了艺术生命；以政治为生命的人，被捧得葬送了政治生涯。可是，“捧人”却不仅“捧死人不偿命”，而且还要得了便宜卖乖——他们甚至瞧着那些被他们亲手捧得完了蛋的人，冷然一笑，说，怎么这样不经捧呢？

笑里藏刀，刀里藏笑，也许“捧人”们一边胁肩谄笑，一边在捧得你忘乎所以的笑里，正埋藏着杀人不见血的刀子。据王安石在他的散文名篇《伤仲永》里记载，金溪人方仲永作为神童，犹被“捧人”们捧成了一个凡人，何况我辈本来就是凡夫俗子呢？

所以，我想在此特别向大家提个醒：小心“捧人”！

（《求是·绿野》2000 年第 3 期）

（《新华文摘》2000 年第 6 期）

醋精神

居住广州的一位杂文家作了一篇《山西人为什么爱吃醋》的文章，说山西人吃醋，是因为山西乃苦寒之地，人多吃馒头、面食，不易消化；不像广东人天天吃海鲜蔬果，肚肠滑溜，无须借醋来消食。

这真是一种误会，或者说是“想当然耳”。

谚云：叫你当家不当家，及到当家乱如麻；每天起来七件事，柴米油盐酱醋茶。作为山西人，我多年来一直对七件事中的“醋”情有独钟，很想弄明白它的起源、发展及其本身所蕴涵着的一些什么。从有关资料看，起码在西周到春秋时代，醋已有之。早期的醋称醯（xī），也称酢（cù）。《论语·公冶长》即有：“子日：孰谓微登高直？或乞醯焉，乞诸其邻而与之。”圣人的眼睛的确异样，他从到邻家要醋来打发讨醋的人这件小事，看出微登高此人不见得像人们说的那么“直”。撇开是非曲直不谈，单从这段话便可知当时醋已是一种贵重的调味品。不过，醋到汉以后就多起来了。《史记·货殖列传》记载，“通邑大都”每年酿醋千瓮之多，足见已飞入寻常百姓家。

而今日繁华的广东，至少在宋代还属偏远蛮荒之地。酷爱“芽姜紫醋炙银鱼”的苏东坡，其政敌“修理”他的办法之一，就是把他贬谪广东大庾岭以南的英州，继又贬到惠州。可见，广东人当时并非因大嚼肥甘、肚肠滑溜而食肉远陈醋。与之相映成趣的是，唐人笔记记载了一个非常著名的醋故事：唐太宗赐给宰相房玄龄两个美女作妾，房相公因惧内而不敢接受。太宗驾临房府，对房夫人说：“若宁不妒而生，宁妒而死？”让她要么允许丈夫纳妾，要么选择死，二者必居其一，并备好一壶毒酒。房夫人毅然选择后者，宁死而妒！不料，太宗乃正宗山西人氏，他把自己平日爱吃的老陈醋拿来冒充毒酒，开了个“国家级玩笑”，让房夫人足足喝了一壶老醋，并为后世留下了一个“吃醋”的美典。——想必唐太宗李世民不至于因为“苦寒”才喜欢吃醋吧？即使平头百姓也知道，过年吃饺子，饺子配醋蒜；不知醋与“苦寒”何关，“消化”何干？

持醋能消食论者，其根据大概是胃酸有助消化。然胃酸过多又会“烧心”，引起消化不良。山西人“缴枪不缴醋葫芦”，食醋几乎到了“喝”的地步，怎么能有助消化呢？其实，山西人喜欢吃醋，就像粤人喜欢甜点，川人湘人喜欢辣椒一样，纯属一种口味，一种习性。当然，醋杀羣腥，其味不俗。《清异录》在调味品中把酱醋分列为八珍中之一品二品，自有其道理。袁枚也在《随园食单》中记载：“酱有清浓之分，油有荤素之别，酒有酸甜之异，醋有新陈之殊，不可丝毫错误。”山西人喜吃老陈醋，就好这么一口口。毛泽东为爱吃辣椒的湖南人总结了句“革命性”；如果一定要为老醋滋养的山西人总结一句什么的话，我给它两个字：“韧性”。

东汉许慎《说文解字》讲：“醋，客酌主人也。”醋的本意原是像酒一样用来“酌”的。而且，早期的醋是从酒糟再加工而来的。北魏《齐民要术》记载了22种造醋法，其中“回酒酢法”较早。传说中的刘伶妻变酒作醋、杜康利用酒糟作醋，也从侧面说明了酒醋同源。我想，醋既与酒同宗同源，久饮必然上瘾。大概这也是山西人食醋成癖的主要原因之一。然酒能醉人，而醋则醒神，世人常用醋来解酒，也算是“相生相剋”吧。

“宁饮三升酢，不见崔弘度。”感谢作为堂堂正史的《隋书》记下了这句古幽州民谣。古幽州就是我的故乡——今山西朔州。直到现在，我的母亲仍用类似《齐民要术》中记载的方法酿醋造清酱（即酱油）。当醋成熟的时候，清香四溢，舀起一勺“头淋（lìn）醋”，大伙轮流欢饮，醒脑提神，使人联想到朔漠古幽州大块吃肉大碗饮酒以及用老醋“客酌主人”的古风，全无半点酸相。

山西人不仅爱吃醋，而且深得醋中之精神。

（《文汇报·笔会》1998年10月27日）

多情的“帽子”

人一旦出了名，就逃不脱“帽子”的追逐了吗?

未成名之前，人大概总想请名人赏顶“帽子”戴。写了一本很一般的书，却非要请托一位很不一般的人物做篇序；拍了一部极平常的电视剧，却非要拉拢几位极不平常的人物题几个字（虽然字写得并不怎样)。拉大旗是为了做虎皮，借光也无异于借“帽子”。不用问，那时候他根本不管什么“名”与“实”是否相副的问题，只是对“帽子”害着热烈的相思。一旦功成名就，各种“帽子”盘旋于头顶之上，红顶花翎，峨冠伟翅，飘飘而来若飞仙降，翩翩而至如野鹜趋。聂卫平下围棋出了名，一下子横空飞出200多顶“帽子”来！“帽子”啊“帽子”，你何必这么自轻自贱又自作多情呢?难道你本性就是这样损不足而奉有余，雪中不送炭，锦上乱添花，令还想做点事的名人逃你如逃债逃瘟疫吗!

但也有的名人乐于为“帽子”累。非但不逃，简直乐得屁颠儿屁颠儿地跑来跑去统统拿来！凭写诗扬名了，不妨再搞几顶诸如电视节目主持人之类的“帽子”戴；靠演讲发了家的，忽摇身变作古今中外、天上人间无所不知、无所不晓的“通才”，俨然一部烫着金字的《大百科全书》，“帽子”要多少有多少，有多少要多少——反正人一出名，“隔行取帽”也就容易得很，何况还有人拱手奉送呢！不过，据我多年观察，这种对“帽子”特别多情的人，要么是天才，要么是蠢才；不是玩世之徒，便是欺世之辈——四者必居其一二三四。

叫我说，即使世界上最伟大的人物，也不过一两顶“帽子”足矣。如果将不该属于自己的“帽子”葡萄串儿似地挂在头上，拿腔作势地说话，端着双肩走路，不仅别扭，而且也太累；真不如扔掉多余的“帽子”，轻装上阵，活得轻松、自然、踏实、愉快。帽子乃头颅之华盖。若小脑瓜上扣一顶大而无当的“帽子”，只能让人觉得滑稽可笑。古有“方地为舆，圆天为盖”之说，倘若真把天空当作一顶“帽子”，那么人人岂不都“光头露脑”吗？况世态炎凉如许，被五花八门的“帽子”捂热了的头颅，万一不幸遇到“假、大、空”各种“帽子”被回收取缔，感情失落是小事，气候不适而伤风感冒发高烧，那可就遭罪喽！

谁想在这个世界上真诚地做点事，谁就得耐得住寂寞。酒不醉人人自醉，“帽”不迷人人自迷。不管他送“帽子”的人多么“我佛如来，乐善好施”，也不管他怎样义形于色，据理逞辞，有一个宗旨不能变——即：我对“帽子”不多情，多情的“帽子”我不戴。否则，必将淹没于“帽海”不能自拔，不能自已，始为“帽子”所累，终为“帽子”所害，不亦悲夫！

（《羊城晚报·花地》1992 年 8 月 30 日）

“爱”你没商量

由于我临时在A地工作。夫人和女儿长期在B地居住，所以，我几乎每周都要往返于A、B两市之间。好在相距不甚遥远，往返一遭，两张火车票也只相当于两包阿诗玛香烟的价（车票涨价与香烟涨价大致匹敌）；虽说自己从不吸烟，可一踏进吞云吐雾的车厢里，又有谁能够获得“豁免权”呢？两张车票权当买两包香烟自个儿抽掉得了。

可是，忽一日，两包香烟再也抵不了两张火车票了——每张车票相当于一包阿诗玛加两支红塔山。因为我所乘坐的某次列车，每张车票附加了一张“铁路旅客意外伤害补充保险凭证”（保险费：1.00元）。

根据凭证，乘坐该次列车时，只需多花1块钱，就有得到60000元人民币的可能。只是这“可能”必须是以意外伤残或死亡为代价的。而且，在“保险责任”这条里说“因意外致伤残、死亡，支付医疗费和保险金”，而在“保险金额”一条里又说“意外伤害3万元，附加意外医疗费3万元”。如果有人被歹徒从屁股上扎两刀，虽未致残，但确属意外伤害，不知“某保险公司”该不该支付这笔钱，或者该支付多少呢？再者，“死亡”虽然容易鉴定，但除了保险金3万元外，还会付

“死亡”意外医疗费3万元吗？倘因为“死亡”无需就医而不再付意外医疗费3万元，那么“伤残”倒比“死亡”的保险金整整地翻了一番？还有，火车票本身含不含意外事故保险金呢？如果车票本身已含意外事故保险金（据说含），那么这种1元钱一张的满纸含糊其辞的“保险凭证”还有附加的必要吗？就算这笔附加是合理而必需的，难道就不需要征得旅客（即投保人）的同意而擅自“为民作主”了吗？就算是本着“人民铁路爱人民”（而不是爱人民币）的宗旨，这附加纯属一种为您着想的“爱民之举”，难道就可以“爱你没商量”吗！

虽然仅1元钱——抽两支红塔山，但它涉及到人的权益。

如果说这仅仅是一种偶然，“爱”你没商量，是因为出之于爱，就如同异性之间的随便哪一方，尽管对方未必爱他（她），但他（她）却有爱的选择的权利；那么，“我要爱”总该由“我”自己来做主了吧？

但也未必。就在我居住的那座城市，刚开展过一种“爱我B市”的活动。才不管你的情感爱与不爱呢，只一纸红头文件下来，径直从你的工资里扣去100～150元人民币，不由你不“爱”！类似的事情还有一些，无非都沾了点儿巧取豪夺的“爱”罢了。

“爱”你没商量，你“爱”也没商量，反正与“上帝”没商量就是了。不过，我这心里却总是有点憋不住想商量：今而后能不能不再用我们口袋里的钱来“做爱”呢，某些官方？

（《山西日报·世说新语》1993年4月6日）

冲冠一怒为尊严

齐达内在世界杯决赛中被红牌罚下，不仅成为这些天舆论关注的焦点，而且还将成为一个永载世界体育史册的“头撞门事件”。

齐达内为什么用“铁头功”把马特拉齐撞倒在地呢？

因为马特拉齐在反复挑衅、激怒齐达内。

马特拉齐为什么反复挑衅、激怒齐达内呢？

因为他们是两军对垒中的竞争对手；而且，齐是最强手。

难道竞争对手就该挑衅、激怒对手吗？

NO！绝对不应该！那是违背道德原则和比赛精神的。

然而，不幸的是，事实却回答了“是”。

不择手段，激怒对手，是有些人追求的“唯一目标”。

不管是口型辨别专家解读的“你姐姐是个妓女”，还是马特拉齐自己承认的“我更喜欢扒光你老婆的衣服”，抑或是齐达内对媒体透露的“他说的话太过分了……与我的母亲和姐姐有关”，总之，都是令人难以接受的侮辱性、挑衅性语言。

当年吴三桂“痛哭六军俱缟素，冲冠一怒为红颜”，不过是为了一个“二奶”——就是那个“一代红装照汗青”的大美人陈圆圆；而今齐达内为了捍卫母亲、姐姐、妻子和自己不受凌辱，难道不应该“冲冠一怒为尊严”吗？

怒，当然是应该怒的；但不应该作“匹夫之怒”。

尽管齐达内事后解释：“他（马特拉齐）用极其肮脏的言语侮辱了我的母亲和我的姐姐，而且一而再，再而三；所以我会有反应，我想让他停止。”然而，齐达内以“匹夫之怒——以头抢肚耳”的过激“反应”，被主裁判当场红牌罚下。

停止是停止了。停止的是齐达内的比赛权，停止的是法兰西的夺冠梦。

这不正是马特拉齐屡屡挑衅所追求的最佳效果吗？

苏东坡在《留侯论》中说过：“匹夫见辱，拔剑而起，挺身而斗，此不足为勇也。天下有大勇者，卒然临之而不惊，无故加之而不怒；此其所挟持者甚大，而其志甚远也。”

真正的“大怒”，应该化作一种深沉的力量。

可能你会觉得这种要求太高了。是的，因为他是齐达内。

老而峥嵘、光芒四射的天王巨星齐达内，无疑是法兰西足球之魂。假使他暂压心头无名业火，带领法国队冲杯夺冠，举国欢腾，万岁万岁，那是多么地心花“怒”放，那将显示着一种怎样强大的力量啊！此其时也，马特拉齐的挑衅是那样地微不足道。

只有这样，才叫捍卫尊严，才懂得“怒”的真谛，才称得上“冲冠一怒为尊严”！

遗憾的是，齐达内小不忍而乱大谋，在千钧一发之际被红牌罚下，“出师未捷身先死，常使英雄泪满襟”！正是他的鲁莽灭裂，灭了自家的威风，长了人家的志气，不仅使自己黯然出局，也导致了法国队最终落败——起码是原因之一吧。

也许有人会说，不要以成败论英雄嘛。然而事实上，古今中外的历史，从来都是以成败论英雄的。体育比赛尤其如此。金牌和银牌，不仅仅是个材质的问题。

由发生在齐达内身上的“头撞门事件”，使我联想到现实生活中，在一些木秀于林的人物身边，总有那么一种人——唉，就是那些小人——如影随形，无处不在。小人的眼睛是贼亮的。如果一个人想要做一点事情，或者已经做出了一些成绩，小人立马就会围上来，对他挑衅，纠缠，诬蔑，陷害，而且无所不用其极。

面对小人们的“诗外功夫”，怎么办？

一类人选择了“齐达内方式”：以头抢肚，红牌罚下，逞一时之快，抱终生之恨。

另一类人则选择了一种更智慧、更有力、事实证明也是更有效的应对方式：沉住气，成大器。

我认识的一位作家，被几个“对头”（不是对手）千般挑衅，万般挤压，围追堵截，口诛笔伐，但他就是不动怒，也不还击，任凭小丑跳梁，蛙鸣鼓噪，他只是埋头读书，铺纸写作。几年工夫下来，他便有了沉甸甸的收获。回首往事，这位作家不无幽默地在自己的新书扉页上写下：稻花香里说丰年，听取蛙声一片！

这才是真正意义上的“冲冠一怒为尊严”。

因为，这种“怒”深沉而有力。

因为，生活中更需要耐性和智慧。

因为，最后的胜利才是决定性的胜利。

（《中国社会报·社会周末》2006 年 7 月 21 日）

鼠猫晤谈记

勇猛的金钱猫，终于将滔天鼠逼向死角了。滔天鼠猛回头举起右前爪，说出一番话来：

“猫公，时已至今，我死亦无憾，但请允许我说一句话——您咬死我亦即等于咬死您自己了！”

金钱猫陡然一惊，但马上冷笑了，冷冷道：“说下去。”

“猫公，您以为鸡类、狗类和贵类，哪个更为主人——人类所钟爱些呢？这您当然清楚。鸡类谨小慎微，凭着自己的两个爪子扒食，还得每天下颗蛋呢。狗类生就一副谄媚相，既能守院欺生，又会摇尾乞怜，方讨得了主子的欢心。而贵类呢？嘴馋，爱睡懒觉，喜欢摆一副假僧假道（既念佛，又食肉）模样儿，这些都是主子所深恶痛绝的；惟有一技之长——逮鼠是好猫。试想，您如果一点也不珍惜身怀的绝技，把我辈一溜烟儿逮光了，自矜万物之灵长的人类，还会豢养您吗？”

说着，滔天鼠将一只前爪伸向金钱猫：“请给支烟抽。”

二位天敌犬坐于墙角，各自吐着大大小小的烟圈，心里也在画着大大小小的圈圈。

“就拿咱们这家主人来说吧……”

你也配叫“主人”?!金钱猫胸中一股怒火升腾而起，但终于又压下去了。它恶狠狠地白了滔天鼠一眼。滔天鼠连忙改口道：

“就拿您这家主人来说吧，他老先生每天晚上和他老婆在枕头上嘀咕的，不也是这些吗?他说他是‘屁点事局办不了科’的科长。为什么连屁点事都办不了呢?就是怕办了事也就了了他了。再说猫公您吧，初来之际，主人待您是何等地殷勤热切啊!现在怎样了?三天两头骂懒嫌馋。他们哪里知道您已将我们六十四口之家剿灭殆尽，仅余我残生一条了!恕我直言，您倒不如隔壁王处长家那只老黑猫会来事儿。别看老黑——我们都这样称呼它——浑身油滚滚的，可一生也没有逮过一只鼠。人家只把您咬死的我那七孙娃子衔回家，每天早晨酒足饭饱之后，从柜子后边将七娃叼出来，当着主人的面耍弄一番，晚上再送回柜子后面，便一头钻进处长的热被窝里睡大觉去了!至于好处费吗，您就别问了。就连那位体态如猫、腰软臀圆、被我鼠国誉为‘一枝花’的母鼠娇滴滴，最近也举家迁入王处长的官邸了——据说跟老黑早有一手咧……”

金钱猫直望着滔天鼠那细而长的尾巴，出神。

“您一定在想：放了我就是失职，失职就是对主子的不忠。事实上，主人他忠吗?他不也成天价跟老婆摇头叹气，说他是什么都看透了，人家局长可以在墙上随意挖门（包括后门）出进，而他却像只老鼠——嘻嘻，竟然像我辈——似地盗洞墙角通行；他不是说他已经查遍了人类历史的“流水账”，看清了人类的帝王，无一例外地宠信奸臣害忠臣，再利用忠臣捉奸臣，捉来害去，害来捉去，最终只留下一颗独裁的头吗？猫公，在主人眼里，我至多是个挖自家墙角的奸臣，您也不过是个徒有名节的忠臣。诛除我辈之后，等待您的——既有‘兔死狗烹’之先例，您也必将逃不脱‘鼠尽猫除’的下场！猫公，我们好歹也在主人家里生活了这几年，难道公不闻，他那警察儿子与小偷拜把结了义，他那工商科长女婿常陪假冒烟酒贩子出入于饭馆子，他那当税务局长的堂表连襟也为偷税漏税的个体户主拍着胸脯打保票吗？唉，我的猫公，您何莫学夫人欤？”

金钱猫已不再是勇猛的金钱猫了，它甚而有些悔恨自己狂热的从前。它本想对滔天鼠说声“听君一席话，胜逮十年鼠”，但又觉得这样未免有失身份；它只缓缓地将眼光从滔天鼠的尾巴上移开去，喃喃地说：

“我总得工作呀……”

“工作？我工作就等于您工作了。这几天主人不是一直对您没个好眉眼吗？我去咬破那只新皮箱，他们就对您好了。”

“那怎么行呢？”

滔天鼠说声“小便一下”，便溜之乎了。

三天后，二位又在墙根底见了面。金钱猫满面春色，边剔牙边说：

“主人给我吃了三天肉了。”

“我加了三个夜班。”

“辛苦你了。”

“猫公说哪里话！”

“滔天……鼠贤弟，望今后继续合作，共存共荣。回头见！”刚走出两步，金钱猫又转回身来，“你最好再起草个条约，与主人通融通融，语气啦，措辞啦，要考虑周全些。写好了拿给我看。回头见——古得白！”

“白就白！”幽默的滔天鼠顺手捋了一把金钱猫的尾巴。

（收入拙著《女人是水》，1993年，中国华侨出版社）

以仁为本

1. 以身为本

据史籍载，“以身为本”出自孔子之口。汉・戴德《大戴礼记・子张问入官》：“孔子曰：‘……故君子南面临官，贵而不骄，富恭有本，能图修业，居久而谭，情迩畅而及乎远，察一而关于多，一物治而万物不乱者，以身为本者也。’”孔夫子讲“以身为本”的前提，是“君子南面临官”——亦即对做官的人来说的。“一物治而万物不乱者，以身为本者也”，讲的是做官的首要条件是做人，必须以身作则，率先垂范，做好自己。孔子的类似言论还有很多。《论语・子路》即有：“其身正，不令而行；其身不正，虽令不从。”《论语・颜渊》亦有：“政者，正也。子帅以正，孰敢不正？”其实，不仅是做官，无论从事什么职业的人，“做好自己”都是做好一切工作的前提。汉・韩婴《韩诗外传》记述孔子的两位高足曾子和子贡的一段对话：“曾子曰：‘君子有三言，可贯而佩之：一曰无内疏而外亲，二曰（无）身不善而怨他人，三曰（无）患至而后呼天。’子贡曰：‘何也？’曾子曰：‘内疏而外亲，不亦反乎？身不善而怨他人，不亦远乎？患至而后呼天，不亦晚乎？’”此三言真可谓醍醐灌顶，甘露洒心，是值得世人终身记取的至理名言。其中，“身不善而怨他人”，不就是说那些不能“以身为本”而只管把自己搞砸事情的责任统统推给他人的人吗？其结果不仅只是一句轻轻的“不亦远乎”，甚而还会“患至呼天”，肠子悔青，噬脐莫及！儒家所一直倡导奉行的“修齐治平”，就是从“以身为本”开始的。任何一个人，只有做好自己，才能做好一切。故《孟子·尽心下》曰：“身不行道，不行于妻子；使人不以道，不能行于妻子。”

2. 以民为本

中华民族的“民本思想”由来远矣。《诗经·商颂·玄鸟》即有“邦畿千里，惟民所止”，《尚书·五子之歌》亦有“民惟邦本，本固邦宁”等语。然而，把“民本思想”强调到“空前高度”的，却是战国时期的孟轲。他在《孟子·尽心下》讲道：“民为贵，社稷次之，君为轻。”南宋朱熹为这句话作注时首次提出“以民为本”的概念。他在《四书集注·孟子·尽心下》讲道：“国以民为本，社稷亦为民而立。”也就是说，人民是国家的根本，如果没有人民，社稷又为谁设立呢？或者干脆说，没有人民群众的拥戴，所谓江山社稷诸侯王国根本就无从谈起，更别说立什么君啦王啦！故历代开明的统治者及其智囊王佐，无不重视人民之力量，无不尊崇“民本思想”。《史记·赵世家》讲：“制国有常，利民为本；从政有经，令行为止。”《三国志·吴书·骆统传》讲得更加清晰而深刻——国家的力量体现的就是人民的力量：“财须民生，强赖民力，威恃民势，福由民殖，德俟民茂，义以民行。”不管是国家的“软实力”还是“硬实力”，全部体现的都是人民的力量，没有人民，哪来国家？所以《贞观政要·君道》录唐太宗语：“为君之道，必须先存百姓。若损百姓以奉其身，犹割股以啖腹，腹饱而身毙。”所以东汉荀悦《申鉴》倡导“爱民如身”，所以北宋张载《西铭》强调“民胞物与”。因为民心之向背，决定国运之长短。《文子·上义》说得好：“众之所助，虽弱必强；众之所去，虽大必亡。”故《老子》四十九章云：“圣人无常心，以百姓心为心。”

3. 以人为本

“以人为本”这个词，要比“以民为本”出现的早得多。春秋时期齐相管仲在《管子·霸言》中即讲道：“夫霸王之所始也，以人为本。本理则国固，本乱则国危。”倘仔细分辨，“以人为本”与“以民为本”的根本区别在于，前者强调的是“人”，后者强调的是“民”——即站在“官”的立场上与“民”相对而言。其实，管子所说的“人”，也不是天赋人权人人平等的意思，他强调的是重视人才、亲和人民。管仲生活在孔子稍早时期，是一位辅佐齐桓公九合诸侯一匡天下成就霸业的卓越政治家。他的政治哲学就是“实用”二字，故深知“得人”之重要性。他在《管子·权修》中讲：“一年之计，莫如树谷；十年之计，莫如树木；终身之计，莫如树人。”并在《管子·霸言》中进一步申述：“使能则百事理，亲仁则上不危，任贤则诸侯服。”他还把成功的诸侯王与失败的诸侯王正反两方面所积累的政治资本、政治资源之殊异，在《管子·枢言》中归纳为：“王主积于民，霸主积于将士，衰主积于贵人，亡主积于妇女珠玉。”当然，管子所谓“以人为本”之“人”，自然也包含着“民”——诚如《管子·牧民》所言“政之所兴在顺民心，政之所废在逆民心”。三国时期的蜀主刘备亦强调“以人为本”。据《三国志·蜀书·先主传》载：“先主曰：‘夫济大事必以人为本，今人归吾，吾何忍弃去！'”这段历史经过《三国演义》（第四十一回：刘玄德携民渡江 赵子龙单骑救主）绘声绘色的描摹演绎，早已广为流传，可谓家喻户晓矣。

4. 以仁为本

其实，所谓“以民为本”和“以人为本”，一般是站在官方的立场上所讲的。从字面分析，“以……为本”的“以”，是“把”、“拿”、“让”的意思，“本”自然是相对“末”而言的。问题是，“谁”在“以”呢——换言之，到底是“谁”在“把”、“拿”、“让”呢？当然是与“人”、“民”相对而言的统治者。然而，统治者的“自由尺度”是很大的，他们既可以“以民为本”，亦可以“以民为末”；或者干脆口头上讲“以民为本”，而实际行动却是“以民为末”。证诸历史，历代统治阶级口头标榜“以民为本”者伙矣，而实则“以民为末”、不把黎民百姓当人看的昏君赃官们，滔滔者天下皆是也！孔夫子应该很早就意识到这个问题的严重性，所以他强调“南面临官”的君子，首先要“以身为本”，反求诸己，克己复礼，做好自己。孔子学说的核心价值是“仁”，而“仁”的核心理念是“爱人”。“仁”字由“二”和“人”组成，体现的是人与人之间的关系——具体表现在“恭、宽、信、敏、惠”五个方面。清代学者陶鸿庆在《读〈法言〉札记》中甚至认为：“道、德、礼、义，以‘仁’为本。”强调“仁”是一切美德的基础。的确，“仁”不但体现出人与人之间诚挚友爱的关系，更重要的是反映出人与人之间和谐平等的关系——即一视同仁。《礼记·中庸》讲：“仁者，人也。”君子爱亲与身，且推己及人，故仁者爱人。尽管管仲也倡导“以人为本”，但由于他奉行的政治理念主要是“霸道”，因而他所说的“以人为本”之“人”，侧重于“可用之才”、“有用之人”，虽也含有“仁”的成分，但少。“以仁为本”则是从仁人之心出发，不但某一个人要以一切人为本，一切人也要以任何某一个人为本；人与人之间的关系是平行的，平等的，互动的，也是可以互逆的。不然的话，一方只肯居高临下地“以”，而另一方却只能俯首帖耳地“被以”，这样的“以”无疑是一种特权。《史记·太史公自序》提出一个非常重大的政治或曰人生课题：“有国者不可以不知《春秋》。”因为，“《春秋》之中，弑君三十六，亡国五十二，诸侯奔走不得保其社稷者不可胜数。察其所以，皆失其本已”。这个“本”就是“仁”。《孟子·娄离上》云：“天子不仁，不保四海；诸侯不仁，不保社稷；卿大夫不仁，不保宗庙；士庶人不仁，不保四体。”然而，要做到“天下归仁”，尚任重而道远——《论语·泰伯》讲得好：“仁以为己任，不亦重乎？死而后已，不亦远乎？”

（《中国社会报·副刊》2011 年 4 月 15 日）

水无鱼依然是水，鱼无水一日难活

1. 谚云："水无鱼依然是水，鱼无水一日难活。"这句谚语的"根儿"很深。据史籍记载，孔子跟他的学生子夏（姓卜，名商，字子夏）讨论为君之道，子夏说"鱼失水则死，水失鱼犹为水也"，此语得到了孔子的赞赏，称其深知为君之道。这则史料见《太平御览》引自《尸子》："孔子谓子夏曰：'商，汝知君之为君乎？'子夏曰：'鱼失水则死，水失鱼犹为水也。'孔子曰：'商，汝知之矣！'"以水来喻民，以鱼来喻君，水和鱼到底谁离不开谁，是再明白不过的道理。有时也用舟和水来设喻君民关系。据《荀子·哀公》记载："孔子曰：'丘闻之：君者，舟也；庶人者，水也。水则载舟，水则覆舟。'"夫子以舟来喻君，以水来喻民，"载舟覆舟"是水的本能，也是水的本领。

2.《说文》："君，尊也。从尹；发号，故从口。"不错，君王固然是"口含天宪"的发号施令者，然而它的前提是得民。为君者，首先要以民众的支持和拥护为基础，亦即"走群众路线"。《集韵·文韵》："君，羣也，下之所归也。"《广韵·文韵》："君者，羣也，羣下之归心也。"《荀子·君道》："君者何也？曰：能羣也。"《逸周书·谥法》：

“从之成羣曰君。”汉·董仲舒《春秋繁露·灭国上》：“君者，不失其群者也。”君不可以远民，犹如鱼不可以失水。君与民是一种天然的鱼水关系，绝不是漂浮在上面的油水关系。失民心而得天下者，古来无有。

3. 自古君王并称，王与君的本意亦有相同之处。汉·韩婴《韩诗外传》：“君者，羣也；王者，往也。”能否成“王”的关键，同样在于民心之向背。《荀子·正论》：“天下归之之谓王。”汉·应劭《风俗通义·皇霸》：“王者，往也，为天下所归往也。”《吕氏春秋·下贤》：“王也者，天下之往也。”《穀梁传·庄公三年》：“其曰王者，民之所归往也。”所以《说文》讲：“王，天下所归往也。董仲舒曰：古之造文者，三画而连其中谓之王。三者，天、地、人也；而参通之者，王也。孔子曰：一贯三为王。”王字的构造是参通天地人，故王者当以关心天地之间的“人”为第一要义，强调的是“以人为本”，即如《逸周书》所讲的“仁义所往曰王”。

4. 正因如此，古代的君王自称“孤家”、“寡人”、“不穀”、“余一人”等，谦逊地表示自己的德行尚不够高，还不足以深孚民心，故随时都在提醒自己“尚需努力”。当然，这样的出发点是好的，但历史上有不少称孤道寡者，高高在上，作威作福，荒淫无耻，鱼肉黎民，最终真地把自己搞成“孤家寡人”，成为名副其实的“独夫民贼”。鱼，一旦失了水，不是在岸上——干死，就是在厨下——待烹，除此而外，还有其他更好的选择或曰归宿吗？

（收入拙著《母亲词典》，2010 年，中央编译出版社）

第三辑　指名道姓

李白之死因新论

关于李白之死，历来杂说纷纭。“羽化登仙”说不仅浪漫，而且美丽，但历史毕竟不同于神话，何况还有“掉入唯心主义泥淖”之嫌。“捉月溺水”说倒是摸着了门边儿，可是对李白“为什么舍生忘死去捉一块冰冷的月亮”的深层心理和历史根源，没能做出透辟的分析和深入的开掘，故因说服力不强而显得苍白脆弱。至于其它诸说，多流于牵强附会，终究不得要领。有鉴于此，笔者不揣浅陋，历时十一载又三个半月，从精神心理医学的角度出发，对李白之死因做了潜心专注的分析研究。今谨将研究成果公之于世。

李白之死，根源于“单相思”。

问曰：风流飘逸、狂放不羁如太白，也会害这类没出息的病吗？

不错，李白害的是“单相思”。他一眼瞅中了唐玄宗李隆基御阶下的那个宰相位子，并且朝思暮想，痴恋入魔。堕入情网中人，往往爱玩几句诗。屈原不就是个借“香草”、“美人”大发“离骚”（即牢骚）的单思者吗？李白亦不例外。他一边纵酒作诗，以排遣心中之苦闷；一边四处央人牵线搭桥，“十五好剑术，遍干诸侯；三十成文章，历抵卿相”。好不容易找到个荆州刺使韩朝宗，便扯住人家衣袖，非让给他“提亲”不可。他嘴里念念有词：“生不用封万户侯，但愿一识韩荆州。”心里却想：笑话，识你韩某人不为封个万户侯而何？精神心理医学把这种有意识地口是心非的复杂心理现象叫做“假背心理”。假背就假背吧，手眼通天的韩朝宗还是为他牵了线，但回话说绝了——人家看不上他。这就未免太伤李白的自尊心了。哼，你看不上我，我还瞧不起你呢！从此，他见了“官”一类的人物，走路也总是雄赳赳的。此时的李白，已多少有点心理变态。

不知是孔孟哪位老夫子说过“心思之官”。诚然，心决不是思维的器官，有科学为证；但圣贤的话能错吗？我很疑心那意思是说：心里总想着做官。这倒更像是二位夫子的自道。其实，又岂止二位，古来官迷心窍的文人正多着呢！身在江海，心存魏阙；前有古人，后亦不乏来者。李白就或者曾在私下对陶渊明的“不为五斗米折腰”提出过疑问：给他六斗米还折不折？封个万户侯他干不干？比李白小了一辈儿的白居易，正好为这句话作了注脚。在浔阳江头与琵琶女对泣“同是天涯沦落人”的白大腕儿，后半生身着紫袍，官居二品。他那嘹亮的歌喉便转而唱起了雅颂之音，昔日江州司马的青衫怕是早已风干了吧。再说陷入“单思”后的李白，整日里唱着“美酒樽中置千斗，载妓随波任去留”的风流歌，似乎散淡、达观得很哪。然而，这仍然是一种“假背心理”。不懂得文人的这种心理，往往容易被假象所迷惑。虽然李白自我标榜“安能摧眉折腰事权贵，使我不得开心颜”，可是当真有权贵让他“事”的时候，他才开心颜呢。谓予不信，请看他的《与韩荆州书》，在极尽阿谀之能事后，拍着脯子说：“倘急难有用，敢效微躯！”这

“效”和“事”，跟孔乙己的“窃”和“偷”又有什么区别呢？不过是“读书人的事”罢了。

公元742年，四十二岁的李白得到了玄宗召他入京的诏书，一下子得意得竟忘了形态——“仰天大笑出门去，我辈岂是蓬蒿人！”然而，他踌躇得太早了。玄宗不过给他个“翰林供奉”这类不过瘾的官当当；宰相嘛，自有人家的小舅子大舅哥。二年之后，李白被玄宗赐金放还，离京漫游去了。其间，他自说饮酒作诗、对月舞剑最为人生快事，可是，又忍不住酒后吐真言——“吟诗作赋北窗里，万言不值一杯水”（可见握笔总不如握印把子过瘾），“三杯拂剑舞秋月，忽然高咏涕泗涟”（到底还是哭出来了）。

他这样过自摧伤，日见身心虚弱。此间诗作，时有“千崖万转路不定，迷花倚石忽已暝”、“霓为衣兮风为马，云之君兮纷纷而来下”之语。如果仅仅把它们概括为“想象神奇”，恐怕有些浮皮潦草。精神心理医学认为，虚弱导致精神恍惚，有时也伴有“幻觉”、“幻思”。后世如有“在我自己的神经末梢上奔跑”的文豪之流，我敢确诊其亦属此类征候。

正当李白暗自伤神之际，玄宗的第十六个儿子永王李璘请他出山。这永王深谙读书人的心理，学了刘备的样儿，请了李白三次。李白也明知历史上还不曾有过请第四次的先例，于是忸怩归忸怩，到底还是下庐山充当了永王的幕僚。

一朝出山，便官瘾勃发，手痒难捱，迫不及待地要“试借君王玉马鞭，指挥戎虏坐琼筵”。孰料，他还没有将“玉马鞭”借到手，永王便因图谋割据，兵败被灭。李白沾光不小，论罪当诛。多亏郭子仪等人为他开了个大后门，才免其一死，流放夜郎。中途虽遇大赦，但这一打击毕竟太沉重了！

一心想着官、官，眼见着官帽临头，却不料险丧残生——真活生生气煞人也！

这一口恶气喘不过来，竟格嘣一声绷断了维系李白此生理想的最后一根神经！加之惊悸忧伤，平日又纵酒过度，遂生顽痰，痰迷心窍，则神志不清矣。此乃“单思神经官能症”。此症患者，舌苔厚腻，舌体肥大，倘城府艰深，且对心中苦痛三缄其口而不言者，舌面焦黑如木炭。好在李白天性纯真烂漫，虽然有时在当官的问题上受“假背心理”作怪，但平日还算心直口快，爱说真话，只要把那个狗屁官帽看得轻一点，本来还是有救的；无奈他对唐玄宗御阶下的那个宰相位子一见钟情，痴衷不改，且走火入魔，不能自已，如守财奴之思恋“孔方兄呀”……

终于在公元762年，一个清风明月的晚上，六十二岁高龄的李白披着三千丈白发，病歪歪地坐在当涂县衙后花园的水池边，独自暴饮。他感到四肢疲弱无力，浑身燥热难当。恍惚间，水池中跃上一轮明月，既像一颗圆滚滚的冰球，吞之可消体内之灼热；又似一枚金灿灿的相印，捉之终遂毕生之宏愿！于是乎一口火痰撞将上来，他晃悠悠地立起身向池中扑去……

后人对李白捉月溺水而死，多赋予浪漫的色彩，以为他又到水中飘而逸之去了。其实，有谁知他心中的苦楚！

悲哉，死也；然而更可悲的是单思神经官能之顽症，上下传染竟绵延了三千多年！

我是个浅薄的精神心理医生，治今人尚且不能，医古人就愈加困难了，更何况这是掘古今文人的祖坟。不过，我总以为这篇纯粹的探究病理的文字，纵失之偏颇，也决不会有伤于“诗仙”的伟大的。如果诗人地下有灵，知道还有一位深爱着他的文人，写下这样一篇“揭出病苦，引起疗救”的文章，定会含笑于九泉的。退一步说，即使因为揭了他的痛处而不肯含笑，九泉之下的“谪仙”，又能奈我何？

（《随笔》1991 年第 4 期）

板桥越狱

清代“扬州八怪”之一的郑板桥，乃康熙秀才、雍正举人、乾隆进士，而康、雍、乾三朝正是文字狱大盛的时代，以板桥之不合时宜，竟未罹文网，实为异数。

鲁迅对清代的文字狱说过一句极深刻的话：“这些惨案的由来，都只为了‘隔膜’。”纵观清代文字狱，粗粗归类，大致有三种情形：一为皇帝偶然发现，二为臣子揭发，三为自投罗网。除第二种外，其余两种都是由于“隔膜”所致。有的是因满汉文化之间的差异所造成的“隔膜”；有的竟是一些人怀着卑微的个人目的投献诗文，希望得到皇帝的赏识，却不料撞在了刀刃上（参见黄裳《笔祸史谈丛》）。

板桥则不然。

首先，板桥不易被皇帝发现。正如他的一方闲章所言，板桥一生做的最大官不过是个“七品官耳”。“县门一尺情犹隔，况是君门隔紫宸”。远离皇帝，自然不为发现。不像弄臣沈德潜常常为乾隆代撰诗稿，却落得个剖棺戮尸。有人说因乾隆痛恨沈泄露了代笔的机密而致祸，也有人说是因为沈咏黑牡丹诗有“夺朱非正色，异种也称王”之句而构罪。我看二者是因果关系。近水楼台，得便宜自然方便，致祸也容易得很。俗语云：龙无恩，虎无义。山高皇帝远，龙虎何有于板桥？

其次，板桥不值得鹰犬们揭发。在历朝历代文字狱中，有不少是政治斗争的牺牲品。板桥曾给他的舍弟写信说："初志得一京官，聊为祖父争气，不料得此外任……"对作一县令表示了深深的失望。试想板桥当年踌躇满志得一京官，参照"清风不识字，何故乱翻书"即可兴狱被戮之例，随手从板桥诗中拈出"半饥半饱清闲客，无锁无枷自在囚"，"咬定青山不放松，立根原在破崖中"，"栽得数枝清瘦竹，明年砍去作鱼竿"，"且让青山出一头，疏枝瘦干未能遒；明年百尺龙孙发，多恐青山逊一筹"等诗句，只要鹰犬们出于政治斗争的需要，将诗中的"清（青）"字与清王朝的"清"字生发联想，指出诗中有"清"亦有"明"，"青山"不过是"破崖"，那么，板桥即使长着十个头颅，也早被斩尽杀绝了。幸亏板桥从24岁中秀才到44岁中进士，直到6载后年过半百才补了个知县的缺，而且在知县任上一蹲就是12年，仕途蹭蹬，一阶未进。这种情况，让同僚们同情还同情不过来，谁肯浪掷光阴去告发他？

第三，板桥决不去自投罗网。这由他的个性所决定。板桥一向"自负太过，漫骂无择"，常常"如灌夫使酒骂座，目无卿相"，因而，决不会向皇帝投献邀宠撒娇卖乖去。如果板桥也像清朝某些官员热衷巴结皇帝，一时冲动利令智昏，将自己手书的最为得意的条幅"难得糊涂"敬献圣上，必将落个一刀两断身首异处！清统治者本是来自关外的游牧民族，一向忌讳"胡"字、"虏"字、"戎"字，甚于阿Q之讳光讳亮。文网除网罗政治犯，也往往网住一些自作聪明的书呆子。板桥虽是真正读书种子，但却一点不呆。他知道拍马不是好营生。因而，“乌纱掷去不为官，囊橐萧萧两袖寒”是他的必然归宿。

然而板桥又绝对不与那个时代同流合污，他要发出自己的声音。

他在评价前人王维和赵孟頫时说：“若王摩诘、赵子昂辈，不过唐宋间两画师耳。试看其平生诗文，可曾一句道着民间痛痒?”可见他是主张“批判现实主义”的。当时的“现实”是一家一姓的天下，批判“现实”，就是“将矛头直指上峰”。他还自称：“凡吾画兰、画竹、画石，用以慰天下之劳人，非以供天下之安享人也。”明确指出“文艺为普天下劳苦大众服务”，置满清统治者于何地，不言自明。仅以板桥那丫丫叉叉的“六分半书”怪字，蛮暴的清王朝就足可判他个“对现实强烈不满”的“现行反革命罪”，杀他没商量。可是郑板桥张扬个性为诗为文作书作画游刃有余于康、雍、乾时代，却没有落入文网，真是奇迹。

正因板桥越狱，遂以布衣雄世。

（《文汇报·笔会》1998 年 2 月 5 日）

华佗之死

最初对华佗的了解，源于幼时读《三国演义》。魏、蜀、吴三国纷争，狼烟四起；而华佗却从容穿行于三国之中，救死扶伤，实行无国界的人道主义。他既为东吴的勇士周泰医枪疮，也为蜀国的大将关羽疗箭伤，还为魏武帝曹操诊治头风。不幸的是，曹操对华佗为他制订的开颅取风涎手术方案之动机大为怀疑，于是大怒："汝要杀了孤耶!"就把华佗给砍了。

后来，我对照正史来读，周泰的十二处枪伤和关云长刮骨疗毒虽确有其事，然而，主刀医生却并未说是华佗。至于曹操杀死华佗，亦另有原委。曹久为头风病所苦，请来华佗诊视，一针下去，随手而愈。曹大喜，即命华佗做他的私人保健医。也许在今人看来，能追随"挟天子而令诸侯"的大丞相曹阿瞒左右，是一个千载难捞的肥差美缺，而华佗却"不识抬举"得很。他推说老婆来信说有病，便请假返乡探视。孰料，黄鹤一去不复返，急得阿瞒空悠悠。这老曹左一封书信，右一道命令，千呼万唤就是不见华佗人影儿，终于恼羞成怒，下令将华佗考竟诛杀。

象有齿以焚身。一代神医华佗，做梦也没有想到，自己竟由于医术高明而身首异处，死于非命。

我尝寻思：华佗开创的医学是中医还是西医？或者是中西医结合？这个看似容易的题目，其实并不好作答。为此，我查过《辞海》、《辞源》，均没有“中医”和“西医”两个词条，遑论“中西医结合”。凭常识归纳一下：中医是否就是八纲辨证望闻问切丸散膏丹草药汤汤以及针灸刮痧拔罐之类的干活？西医是否就是以开膛破肚拿刀捉杖一类的拍片子摘瘤子输血吸氧插管子等“机械化作业”为主的干活呢？或者说，这起码是它们各自的主要特征呢？

如果大致不差的话，那么，像《三国演义》里所描述的给关羽臂膀开刀、刮骨、缝合等一系列治疗过程，算是中医疗法还是西医疗法？或是中西医结合的疗法？也许有人说，那不过是小说家演绎，当不得真；再说，在史籍记载中，这桩靓活儿也并没说是华佗干的呀。此言的确不差。然而，华佗所干的活计，比这还要爽靓、还要高难得多得多。谓予不信，请过法眼：

1.《后汉书·方术列传》载：华佗“精于方药……若疾发结于内，针药所不能及者，乃令先以酒服麻沸散，既醉无所觉，因刳破腹背，抽割积聚。若在肠胃，则断截湔洗，除去疾秽，既而缝合，傅以神膏，四五日创愈，一月之间皆平复”。

2.《三国志·魏书·方技传》载：“饮其麻沸散，须臾便如醉死无所知……四五日差（chai 瘥愈），不痛，人亦不自寤。”也就是说，华佗研制的“麻沸散”，根据手术需要，其麻醉效果可长达四五天时间。

3. 据《佗别传》记载：“有人病腹中半切痛，十余日中，鬓眉堕落。佗曰：‘是脾半腐，可刳腹养治也。’使饮药令卧，破腹就视，脾胃半腐坏（笔者按：疑似典型性恶性肿瘤，即癌症晚期也）。以刀断之，刮去恶肉，以膏傅疮，饮之以药，百日平复。”

试为华佗计，在当时条件下做剖腹摘脾手术，就算他发明“麻沸散”可以为患者麻醉止痛，可是，手术失血过多怎么办？如何消毒？怎样防止感染？如果摘除肿瘤，又如何防止癌细胞扩散？这一切的一切，华佗居然能够因病制宜，妥善解决。要知道，这是发生在1800多年前的事情，这是多么了不起的医学科研和临床实践相结合的辉煌成果啊！倘若按照华佗开拓的路子发展下去，今天的中国医学会是一种什么局面呢？——中医？“西医”？抑或“中西医结合”？或者还有其它？

曹操杀死华佗，也就杀死了华佗医学，同时也毁灭了中国医学发展的前途。

当华佗身陷囹圄之时，应该说是万念俱灰了吧？并不，作为“医者父母心”，他曾试图作最后的努力，想把医术传之其人，可是失败了。据《三国志·魏书》记载：华佗临死前曾“出一卷书与狱吏，曰：‘此可以活人。’吏畏法不敢受，佗亦不强，索火烧之”。一部凝结了一位神医毕生心血而且可以济世救人的医学巨著，竟然送不出去，传不下来。男儿到此心如铁。老华佗“索火烧之”，可谓寒心之至，绝望之至，真个是万念俱灰也！不知华佗将此书传给他的二位高足没有？即使有，料想二位但求自保的仁兄，也会像“文革”中的大多数知识分子一样，付之一炬，可怜焦土。

华佗这两个“克绍箕裘”的弟子，一个叫吴普，一个叫樊阿。

吴普掌握了老师自编的模仿虎、鹿、熊、猿、鸟的五种体操，天天操练，活到九十余岁，耳聪目明，牙齿完坚。老师死后，这吴普也不学别的，只管操练“五禽戏”，练得自己身体倍儿棒、吃嘛嘛香，至于别人的疾病，管他娘！一次，魏明帝曹叡呼他给御医们表演几套完整的禽戏，那潜台词无非是说，让御医们学会了再传授给朕，以便万寿无疆。这吴普吸取了老师的教训，不敢硬顶，只推说自己老迈糊涂，手脚不灵便，胡乱地比划了几个招式，交代了几条“要领”——天知道他不会像金大侠《射雕英雄传》里的郭靖传授给欧阳锋的“真经”那样，倒行逆施，交差了事。

樊阿则继承了老师的针灸术。不过乃师死后，他也变成了一位“圆通大师”。有一件事情很能说明问题：老师曾传授给他一剂“漆叶青黏散”（漆叶屑一升，青黏屑十四两），久服去三虫，利五脏，轻体，使人头发不白。樊阿经常服用，活过了一百多岁。只是这位老哥偷偷独服，秘不宣人。后来有人发现，他不仅高寿，而且气力过人，觉得其中必有奥妙，就设法用酒把他灌醉，才套出了这个方子。为什么连一个只有两味药的验方都不肯示人呢？只要设身处地想一想，也就不难理解——其师华佗乃一代医学宗师，解人倒悬无数，竟至于不得善终；他犯不上吃饱了撑得没事找死。

可见，杀死华佗，也杀死了人心。

华佗，字元化，沛国谯（今安徽亳州）人。精内、外、妇、儿、针灸诸科，外科尤为擅长，世人尊称神医。被同乡曹操诛于公元208年。生年不祥。据史书记载，华佗鹤发童颜，“时人以为年且百岁而貌有壮容”，是一个精神矍铄的倔老头。

难道华佗就不能躲过一死吗？

他面临两种选择：一是屈服于强权，为曹操一人所用，呼之即来，挥之即去，或可得享天年；二是追求独立之精神、自由之思想，离开曹操，悬壶济世，为黎民百姓服务，其结果——毋须我说了吧？其实，即使为曹操一人所用，也未必安全。独夫之心，向来“天意高难问”。试想，治不好病，要你何干！彻底除根儿治好了病，又要你何干？还有一种情形是，病来即治，一治就好，好了又犯，犯了再治，如此循环，或可安全。然而，曹操所怀疑华佗者，正是这种情况。他以为华佗在故意拿他一把。在杀掉华佗之后，曹操犹恨恨地说：“小人养吾病，欲以自重；然吾不杀此子，亦终当不为我断此根源耳！”还是难逃一死。

那么，曹操杀华佗，究竟给他安了一条什么罪名（“莫须有”好歹也是一条“罪名”呀）？我遍查史籍，一无所获，思来想去，只有一条：匹夫无罪，怀璧其罪。也许在独裁者看来，杀人不过是举手投足间的事情，根本就不需要什么罪名。你看曹操杀华佗，就像捻死一个臭虫。

颇具戏剧性的是，曹操很快就后悔了。当他13岁的爱子仓舒——就是那位称象的神童曹冲——因病而痛苦地盘桓弥留于人世之际，曹操深深地悔恨叹息：“吾悔杀华佗，令此儿强死也。”呜呼！曹阿瞒所捶胸顿足追悔莫及者，不是因为草菅一个无辜生命的良心发现，不是反省残戮一位救世良医的深重罪孽，而是遗恨没能留待作鬼之前的华佗，去救活他的宝贝儿子！

马丁·路德说过：“天才的医生是上帝的礼物，人类的生命就托付给他们。”毁灭了“上帝的礼物”，必遭天谴。

（《中国社会报·社会周末》2006年9月29日）

武二郎开店

80 年代初，方成先生的一幅漫画《武大郎开店》，因深入人心而风靡全国，使武大郎从此成为嫉贤妒能的典型。叫我说，武大郎开店倒并不可怕，人家毕竟是直眉露眼明码标价：比我高的都不要。可怕的是武二郎开店。武二郎何等豪杰！豪杰自有豪杰的胸襟——青青子衿，悠悠我心，饱揽英雄，思贤如渴，恨不能使天下英雄豪杰尽入我彀中。然而，这只是一张幌子，比起武大郎开店更具有欺骗性罢了。侯门一入深似海。进得武二店来，你就得俯首帖耳，重足而立，侧目而视，二爷英明，奴才该死，不然，景阳冈上的吊睛白额大虫就是你的下场。

“英雄”不同于“英雄店的掌柜”。想当年宋太祖赵匡胤，一条杆棒等身齐，打四百座军州都姓赵；一旦建立赵家王朝，便立马“杯酒释兵权”，把出生入死的铁哥儿们逐出店门。当然武二郎“义”字当头不屑这么做。他有一句名言：“凭着我胸中本事，平生只要打天下硬汉。”硬汉也好，好汉也罢，只要踏进本店门槛，就得听我武二摆布。什么本领呀，才华呀，思想呀，自由呀，事业呀，理想呀，人格呀，尊严呀，迈进武二店门，你就一笔勾销了吧。作为武家店的掌柜，武二既是本店游戏规则的制订者，又是吹哨裁判，更是喜则谬赏怒则滥罚的执行者。凡是他看不顺眼的人，既可力拿，亦能智取。比如他看着兔子碍眼，就在本店举行一次龟兔赛跑，并明令规定：凡参赛者必须走龟步。别说兔子，即使千里马也只有认栽的份儿。武家店就是要让千里马困死槽头。

不错，武家店乃武二郎开（不管是自立门户还是上级任命），一掌店门，身价百倍，自以为是，他以为非——即“以他为非”，别人的话都是狗屁，只有武二才咳唾成珠，才金科玉律。不然的话，到底你是掌拒还是我是掌拒？在武二店里，无论什么东西，无不打上“武记”的烙印。

正因如此，围绕着武二郎的“光荣与梦想”，在武家店形成一种浓厚的马屁氛围。拍马者熟知，与二爷讲话，最搔着痒处的是打虎，其次斗杀西门庆，再次血溅鸳鸯楼，甚至可以说揪住王婆的髻子，割下潘金莲的奶子，双腿一夹把孙二娘压在下面……只要二爷快意，下流不下流，牛皮不牛皮，均无禁忌。关于“景阳冈事件”，在武二郎的生命中早已成为一个情结，他太在乎这码事了。他在两军阵前通名报姓时总要说“打虎者武松是也”；平时也爱说“看我把这厮和大虫一般结果他”；即使杀了人，逃跑前夕也不忘用人血在粉墙上写下：“杀人者，打虎武松也！”他这样反复地自我提示，自我造势，哄抬物价，效果奇佳。不像黑旋风李逵杀了四只老虎，还自称黑爷爷长黑爷爷短的，令人只记得两柄板斧。不会制造神秘，更不会制造神话宣传包装，“铁牛”注定升不了掌柜。

古人云，偏听生奸，独任成乱。又谚云，穷人心多，病人心多。而古今中外的大小独裁者比穷人病人更心多，他们总怀疑有人背后说他的坏话。武家店的掌柜也毫不例外地神经质，且毫不例外地以家长里短来治天下。倘有哪个小人想使坏下毒，只要跑到武二那里附耳低言：某某说二爷在景阳冈看见大虫时吓出一身冷汗，而且两股战战，小便失禁……等着瞧吧，祸不旋踵，某某必定有“好果子”吃。武家店是说真话逆龙鳞者的死地，也是宵小们的乐园。人家武二早就打明叫响地说了：你不是有本事吗，但我哥武大那厢不要你；我收留了你，还不快纳头便拜感激涕零！

我曾在一篇短文中写过，“权”字怎么写，“权”是“又一木头”。“木头”是什么？“木头”就是赵匡胤的杆棒，武二郎的哨棒，江青姚文元之流的棍子；不仅打一“木头”，而且“又一木头”，轮番打将下来，血肉之躯如何受得棰楚！武二郎敢放言“平生只要打天下硬汉”，真是掌柜的口气。不过，武二郎的“思贤若渴”，只是叶公好龙罢了——不仅叶公好龙，而且还要倚天屠龙！

《水浒》第二十四回写道，武大与武二是一母所生两个，武二身长八尺，相貌堂堂，浑身上下有千百斤气力；武大身不满五尺，面目生得狰狞，头脑可笑，诨名叫“三寸丁谷树皮”。虽然形貌各异，美丑分殊，但在荣升“店掌柜”之后嫉贤妒能方面，哥俩却是“当仁不让于兄弟”，不亏是一根娘肠解下的两个。然而，在排挤、虐待、打击、戕害贤能方面，武二毕竟多了“胸中丘壑”，另加一双“铁锤般大小拳头”，比乃兄力胜一等，技高一筹，那是何等威福英武；只是更阴了点。人多感叹造化弄人，武二弄人胜似造化。武二这店，比起十字坡孙二娘图财害命的黑店也好不到哪里去。武家店的宗旨，就是要凭借独门独院，让天下英雄好汉站着进去，躺着出来。倘若想站着出来，必须先从铲除分门别类的“武记店坊”做起。

然而，又谈何容易！

（收入拙著《白纸黑字》，2000 年，中国戏剧出版社）

陆虞候与豹子头

司马昭之心路人皆知，而陆虞候之心谁曾可知？林冲虽深受其害，然亦只知其然，不知其所以然。林在山神庙擒得陆时，首先质问："泼贼！我自来又和你无甚冤仇，你如何这等害我！"满腔怨愤且大惑不解溢于言表。

岂止"无甚冤仇"，林陆二人自幼相交，本是好友，但在林冲危难之际，陆虞候却一次次伸出罪恶的手。

骗林冲吃酒，为高衙内创造调戏林夫人条件的是陆虞候；赚林冲买宝刀误入白虎堂施放毒计的也是陆虞候；重金收买威胁利诱董超、薛霸结束林冲性命的是陆虞候；火烧大军草料场必欲置林冲万劫不复之地的还是陆虞候。

为什么一个人竟会萌发伤害、进而残害朋友的念头呢？为什么一旦萌生了这一念头，便"义"无反顾变本加厉一条道上走到黑呢？

水浒一百零八条好汉，其中不少人是从"体制"内被迫无奈才逼上梁山的，尤以林冲最为典型。所以，以林冲为主角的戏剧电影，干脆名之为《逼上梁山》。

的确，林冲不同于刘唐、白胜和阮氏三雄，他是不会自愿上梁山的。在赵官家的时代里，林冲算得小康之上人家，三十出头便任八十万禁军枪棒教头，更兼家有贤妻美而慧，可谓爱情事业双丰收。但不幸妻子被高太尉的螟蛉之子高衙内“爱”上了（可能是真爱，那厮竟病得奄奄一息），便飞来横祸，落得个“腰悬利刃误入白虎节堂，杖脊二十刺配远恶军州”的悲惨下场。在那种时代，被高衙内之流恨上自不必说，被他“爱”上也触了霉头。

但林冲接受了这个现实。他选择了心字头上一把刀——忍。

夫人遭人调戏，扳过那人肩胛举拳欲打，认得是高衙内，堂堂林冲却“先自手软了”。是可忍，孰不可忍？

野猪林被董超、薛霸一边调侃“你须精细着，明年今日是你周年”，一边就要结果性命，多亏鲁达相救，才幸免于难。他阻止鲁达处死超、霸二小，固然有君子不与小人计较之成分，然亦未尝不是为自己留归路。

在沧州牢城营内被小小差拨左一个“贼配军”、右一个“贼骨头”，直骂得一佛升天二佛出世，竟不敢抬头说话。舍得八尺英雄躯，把他差拨狗头拧下来！林冲这般忍气吞声，不就为了好好表现，服刑期满重做赵官家的良民吗？

在柴进庄上路遇出猎归来的柴进，身披重枷的林冲“寻思道：‘敢是柴大官人？’又不敢问他，只自肚里踌躇”。这般委琐，这般战战兢兢，哪里是林冲！读《水浒》至此，不禁想哭。

“我自来又和你无甚冤仇，你如何这等害我!”这是林冲的强势逻辑。

在处于弱势的陆虞候看来，“比我强就跟我有仇”。

林陆二人虽然自幼相好，但林冲生得豹头环眼，燕颔虎须，八尺长短身材，一副英雄身手；而陆谦呢，面皮白净，没甚髭须，五短身材，啤酒肚子，走在街上连丑女子都不肯瞟他一眼。林冲三十出头便是八十万禁军枪棒教头；而陆谦三十老几窝窝囊囊，没有一点成就感。林冲夫人美而慧，陆谦贱内黄脸婆——如果他有林冲那个美丽老婆，恨不得昨天夜里就供献给高衙内，抓住那娘们的裤腰带，趁势飞黄腾达，鸡犬升天。这机会偏偏让林冲逮着，偏偏林冲又这般不识“抬举”。

人性中的善总是比较浮泛的，所以世人多“伪善”；而恶却埋得很深，遮得很严，上面覆盖着“善”的茅草。人常说“恶向胆边生”，可见埋藏之偏僻之幽深。那么，什么时候恶才会从胆边生出来呢？当你威胁到他的生存，侵犯到他的利益，伤害到他的自尊心的时候，恶就会“偶尔露峥嵘”。

林冲与陆谦的对比太强烈了，二人之间存在着一种比较利益。没什么好说的，林冲的存在本身就是对陆谦的“伤害”，恨你没商量。所以，陆谦老早就想拾掇林冲，苦于没有下手的机会。正巧高太尉差遣他消灭林冲的肉体，事成之后还能得到“抬举”，岂非一件事了却了两桩心愿？

陆谦办此事甚为麻利，他请董超、薛霸吃酒，拿出十两蒜条金，打着高太尉钧旨，要求结果林冲并“揭取林冲脸上金印回来做表证”。人活脸面树活皮，陆谦就是要揭林冲脸上这块皮。

林冲走到“有家难归，有国难投”这步田地，能无恨乎？

时代的局限，使林冲对赵官家不敢恨，董超、薛霸又不值得恨，高俅父子及其帮凶干鸟头富安固然可恨，但最痛恨的当属陆谦陆虞候。在那个“义”字当头的时代里，他破灭了林冲的一个梦——友情还温暖，还美好吗？陆谦对林冲的“友情”，是必欲赶尽杀绝置之死地而后快哉！这不，他又风雪兼程赶来了。

《水浒传》风雪山神庙林冲遭遇陆谦一节，描写十分精彩，读来十分畅快：

> 陆虞候叫声：“饶命！”吓得慌了手脚，走不动，那富安走不到十来步，被林冲赶上，后心只一枪，又戳倒了。翻回身来，陆虞候却才行得三四步。林冲喝声道：“好贼！你待那里去！”批胸只一提，丢翻在雪地上，用脚踏住胸脯，身边取出那口刀来，便去陆谦脸上阁着，喝道：“泼贼！我自来又和你无甚冤仇，你如何这等害我！正是杀人可恕，情理难容。”陆虞候告道：“不干小人事，太尉差遣，不敢不来。”林冲道：“奸贼，我与你自幼相交，今日倒来害我，怎不干你事！且吃我一刀。”把陆谦身上衣服扯开，把尖刀向心窝里只一剜，七窍迸出血来，将心肝提在手里。

每读到这一节，我并不以为林冲真地杀死了陆谦；我只读出了作者施耐庵的一种情绪。但每读到这一节，我总禁不住要问：为什么性命攸关，富安能走出十来步，而陆谦只行得三四步呢？干鸟头富安自然罪不容诛，但陆虞候又在道义上背负着“朋友”的十字架，自感罪孽更加深重，所以走不动。

林冲雪夜上梁山，固然在“佶京俅贯江山里”只是个迟早的问题，然而不能否认，是陆虞候起了催化作用。

金圣叹在《读第五才子书法》中写道：“林冲自然是上上人物，写得只是太狠。看他算得到、熬得住、把得牢、做得彻，都使人怕。这般人在世上，定做得事业来，然琢削元气也不少。”一言以蔽之，林冲历尽坎坷已然修炼成一条顶天立地的英雄好汉！

虽然金圣叹并未对陆谦作什么评价，但你得承认，陆虞候绝非等闲之辈。他在追踪陷害林冲的整个过程中表现出的“纠缠如毒蛇，执着如怨鬼”，需要何等心气！他至死都没有对其罪恶流露丝毫的忏悔之意，恶作为一种本性，在陆虞候身上表现得尤其充分而且顽强。上帝也对他没辙儿。

可以说，没有陆虞候，成就不了豹子头。

然而很遗憾，百回本《水浒传》罗贯中续写的文字里，把林冲写成跟宋江一起受了招安供朝廷驱遣之辈。——虽然作者煞费苦心，安排招安之后的林冲身体“瘫痪”并在“归途”中死去了；但这根本不符合林冲性格发展的逻辑。“男儿脸刻黄金印，一笑心轻白虎堂!”难道林冲不明白他是怎样一步步被逼上梁山的？他还会回到那个“体制”里去吗？

“体制”里没有他的位置。那里有无数的高俅、高衙内以及面皮白净、没甚髭须、五短身材的陆虞候。大丈夫视死如归，林冲不归！

（《火花》1996年第3期）

打倒“土皇帝”

蒋、张、冯、阎同是军阀，为什么独独称我们山西的阎锡山为“土皇帝”呢？阎统治时的山西确似一个地主的“土围子”，在这二亩三分地里，俺也不出去，你也别进来，闭关自守，画地为牢，连铁路都修得比别人窄。这是“土”的一面。还有“皇帝”的一面，就是在这个二亩三分地的“土围子”里，老子想怎样做就怎样做，爱怎么谁就怎么谁！

按理说这一切早该“俱往矣”，因为阎锡山早已死去。然而，“土围子”遗风犹存，“土皇帝”阴魂不散。据1月6日《南方周末》载，山西长治公安局长何土宽的私宅接到一个骚扰电话，何局长一声令下，组织警力昼夜奋战，滥抓无辜，刑讯逼供，致使教师申丰祺英年惨死。整个过程没有立案手续，没有出示传唤证、逮捕证、搜查证，无法无天，草菅人命。这真叫“局长一何怒，百姓一何苦”啊！长治市公安局成了何土宽的“私安局”，何土宽俨然一位“土皇帝”。

“土皇帝”也不仅是山西一地的土特产品。天津大邱庄不也出过个禹庄主吗？作家蒋子龙曾写过一篇《农民帝国》的杂文，称其为“土围子”里的“土皇帝”。1月10日的《中国青年报》又报道了新疆克拉玛依“12·8”特大火灾的消息。这场大灾难，使300多个“花骨朵”未经开放便化成了飞灰，而在场的10多位领导干部却一溜烟儿溜出全部生还。“同学们，让领导先走……”当时火灾现场喊出的这个声音是多么地无耻！呸！克拉玛依死难者家属愤怒地提出（见2月17日《北京晚报》），在事故原址建造三座碑：第一座高12.8米，刻下所有遇难者的名字；第二座，稍低于第一座，刻下为抢救学生而遇难的教师、职工和家属的名字；第三座，仅高12.8厘米，刻下那些只顾逃命，以致推倒孩子、踩着幼小生命逃离火海的“公仆”们的名字。多好的提议啊！让这些“为官一任，造孽一方”的“土皇帝”们，永远地钉在12.8厘米高的耻辱柱上吧！呸！呸呸!!

当然，“土皇帝”远不止这些门类。有枪便是草头王，占据二亩三分地，就想过一把“土皇瘾”者，大有人在。这些“隐性土皇帝”们，游刃于权与法之隙缝间，优哉游哉；一旦东窗事发，才正式升格为“土皇帝”。2月18日《中国青年报》又曝光了湖北建始县工商局的一位副局长郑福州。这厮随意调戏饭店女老板，强行奸污女服务员，并扬言：“陪好我，管理费和税我都给你们免，否则，我就叫你们馆子开不成！”听听这个小“土皇帝”的气焰！

记不清从哪里看到过一则故事，说乾隆皇帝微服下江南，遇到了当地的“土皇帝”，不给银子过不了关。连真皇帝遇见了他的“土当家”，也一点没脾气，况草民百姓乎？“土皇帝”是一定势力范围里的特权阶层，要打倒“土皇帝”，就必须铲除孳生它的土壤，砸碎培植它的温床。权比法大，法律就不可能成为制裁“土皇帝”的最根本最有效的武器。试想，如果何土宽的“私安局”滥抓无辜、刑讯逼供没有搞出人命，如果克拉玛依的官僚主义、形式主义没有点燃涂炭300多个鲜花般生命的大火，谁能损得了他们半根毫毛？

尽管如此，我等还是要愤怒地吼出一声：打倒“土皇帝”！

（《南方周末·周末茶座》1995年3月3日）

赵七爷的长衫

鲁迅说他小说中人物的模特儿，往往是“嘴在浙江，脸在北京，衣服在山西，是一个拼凑起来的脚色”。正因为是“杂取种种”，所以连人物的衣着也颇具有典型性。就拿鲁迅笔下的长衫来说吧：孔乙己的长衫虽然又脏又破，却终于不肯脱掉，以昭示一种“读书人”的身份；而小说《风波》里的头面人物赵七爷的那件宝蓝色竹布长衫，则又是一面折射人物心灵的镜子，更加意味深长。

赵七爷的竹布长衫，是轻易不穿的，三年只穿过三次：一次是和他怄气的麻子阿四病了的时候，再一次是曾经砸烂他酒店的鲁大爷死了的时候，最后一次是两年前曾喝醉酒骂过他“贱胎”的七斤因剪了辫子而遇到“危险”的时候。总之，赵七爷的这件宝蓝色竹布长衫，每次穿得都正是时候；只要他穿起长衫，就一定是“于他有庆，于他的仇家有殃了”。所谓“于他有庆”，实际上就是“于他的仇家有殃”。因为赵七爷三年以来三穿长衫，都穿在他的仇家遭殃之际，并不曾穿在他自己另有什么喜庆的时候。盼仇家倒霉比自己发财还要兴奋，还要刺激。仅这一点，就使赵七爷以及他那件醒目的宝蓝色竹布长衫显得分外地“可爱”了。

这位“可爱”的赵七爷究竟是个什么样的人物呢？小说中对他的介绍是，“赵七爷是邻村茂源酒店的主人，又是这三十里方圆以内的唯一的出色人物兼学问家；因为有学问，所以又有些遗老的臭味。他有十多本金圣叹批评的《三国志》，时常坐着一个字一个字的读；他不但能说出五虎将姓名，甚而至于还知道黄忠表字汉升和马超表字孟起。”可以看出，交代赵七爷时鲁迅用了多么辛辣的笔墨！就是这位知道黄汉升和马孟起的“出色人物兼学问家”，在辛亥革命一开始，也像许多人一样，把辫子盘在头顶上，他既没有为清王朝的政治统治尽忠的诚心，也没有为革命的理想捐躯的愿望。可是，当他听到张勋率辫子军复辟的消息后，便放下盘在头顶上的辫子，精神面貌特好地穿起“于他有庆，于他的仇家有殃”的宝蓝色竹布长衫，不怀好意地径直走到剪掉辫子的七斤家的饭桌旁，微笑着“仔细研究他们的饭菜”，由“好香的干菜，——听到了风声了吧”，到“没有辫子，该当何罪，书上一条条明明白白写着的”一幕精神虐杀式的恫吓，使得七斤和他的女人“仿佛受了死刑宣告似的，耳朵里嗡的一声，再也说不出一句话”。赵七爷，一个没有政治信仰、没有道德节操的投机分子，一个把自己的一点面子、一点威信看成整个世界中最大事业的器量狭小的小人！他平时一脸威仪，却又自私自利、随波逐流，一旦时机成熟，便锱铢必较、睚眦必报，以各种冠冕堂皇的口实挟嫌报复，发泄私愤。多么可怕的赵七爷！

然而，富于戏剧性的是，张勋复辟的闹剧倏尔便以可耻的失败而告终了。赵七爷又把辫子盘在头顶上，脱下宝蓝色竹布长衫安分地坐着读书了。赵七爷是何等人物，竟肯安分起来；他不过是在隐忍煎熬中窥测时机罢了！

虽说时间过去快一个世纪了，然而赵七爷还健在，只不过将长衫换成西装革履或者运动衣、T恤衫之类而已。鲁迅研究专家王富仁教授对赵七爷下过一句精辟而深刻的评语：“他能以自己的无信仰颠覆任何信仰，能以自己的不改革扼杀一切改革。”这也正是一切赵七爷对社会危害的严重性之所在。对于这类既没有政治信念，又缺乏道德操守的人物，需要十分小心；尤其当他手中握有一点权柄，就更得格外地陪着小心，格外地注意关护他的面子。倘一不慎，像七斤似地一句“贱胎”出口伤了他们的脸皮，你及你的事业受尽戕害且不说，还得累及快意了的“七爷”们，天天梳洗打扮换新装，油头粉面作姿态呢！

（收入拙著《撒娇的流派》，1996年，中国戏剧出版社）

4.5 千克老太

那天开会，传达新闻系统评报委员会专家的意见，说今后报纸上一律不准用这个字，一律不许用那个词。比如，表示重量时，一律不准用“斤”，否则算错。那么，用什么来表示重量呢？据说要与国际接轨，必须用千克。就是说，我们购物时，买七两豆腐，必须说“给俺称 0.35 千克豆腐”；买三斤半大白菜，必须说“给俺称 1.75 千克大白菜”。或者说，虽然广大人民群众在实际生活中并不这么说，可是报纸却必须这么写，广大人民群众也必须这么念。这是逗谁玩呢？

这些年来，我们的语委和语言专家们真会变戏法儿。他们一会儿一个主意，突然下文（系法律条款，必须无条件执行）说，唯一必须写作“惟一”；一会儿便改了主意，又下文说，惟一必须写作“唯一”。就这样，莫名其妙地把个“唯一”变成了“唯二”。好像的“像”（象）字也折腾过两次，闹得我现在看见哪个像（象）字都有点儿像又不像，似是而非。前几年还下文推荐了一批词语，比如“琥珀”可以写作“虎魄”之类。我当时就写过一篇《玉碗盛来“虎魄”光?》（发表在《中国青年报·求实篇》），说这个“虎魄”即使让人联想到熊心豹子胆，也绝对想不到葡萄美酒的美妙色泽与情调。那次“推荐词语”，在媒体的一片嘘声中，草草收回，不再推荐了。在更早些年他们还搞过一套“第二次汉字简化方案”，也是公布不久即以作废告终。现在他们又说，数字必须写作阿拉伯数字——不知即将召开的“十七大”要不要改成“17 大”，“不管三七二十一”要不要改成“不管 3721”；重量必须改斤为千克——这样下去，总有一天会把“四两拨千斤”改成“0.2 千克拨 500 千克”——否则就算你错！

车同轨，人同伦，书同文。语言文字向来是民族国家之重器，哪能胡乱地改来改去瞎折腾呢。这些个所谓“专家”，不是吃饱撑得没事干，就是患了“数典忘祖综合征”。用他们制定的“语言文字的标准”来形容，那就是——“4.5 千克老太，1 代不如 1 代”！

（写于 2007 年 4 月 13 日）

差得多先生传

你知道当今中国最“牛”的人物是谁吗?

提起此人，大有来头。他姓差，名得多，其曾祖是胡适博士曾为之立传的鼎鼎大名的差不多先生，其祖母是鲁迅先生曾为之造像的永垂不朽的九斤老太。不过，胡博士在《差不多先生传》中说，兽医王大夫用了医牛的法子，把个差不多先生给修理得“一命呜呼”了，严重失实。在下受“兽医王”后人委托，与胡博士后人几经交涉，限其于一月之内，奉上精神损失赔偿费若干，否则，将保留进一步行动的权利。再说，话说回来，差不多先生怎么可能因为一次医疗事故就会死掉呢?那么轻而易举就“一命呜呼”，还配叫差不多先生吗?活生生的事实证明，差翁不仅没有“呜呼”，而且别来无恙，身体健康，四世同堂，福寿无疆，正活得欢势着呢。

人常说龙生龙凤生凤虎父无犬子，那么，虎曾祖父门下亦该无犬曾孙吧?可是遗传总是伴随着变异，使种类进化或者蜕化变质。差得多先生的曾祖不多翁当年刚生下来的时候，白白胖胖一个嘎小子，用十六两一斤的老杆秤一称，啧啧，十八斤，高高的；可是到了其祖九斤临盆落草，就差了一半；其父七斤又差了一截儿，虽然用的是十两一斤的新秤；到了差得多先生呱呱坠地，使用最现代化的台式天平一称，543.20克，合一斤八两有余，合二斤尚嫌不足，与乃曾祖相比，真正“不可以道里计”也。不过，曾祖不多翁倒也不以为意，他老慈祥地摆摆手，说：“大熊猫刚生下来，不也没有多大一点点嘛……能生出个东西来，就很不容易了……再说，十八两跟十八斤也差不了十九斤嘛……”其祖母九斤老太可没有这么豁达，她一瞧见那个老鼠似的红丝丝的小肉东西，气儿就不打一处来，直气得卧床不起，涕泗滂沱，五六天水米没沾牙，只在嘴里不停地叨叨：“真是一代不如一代！……一代……不如……一……代……”

不过，九斤老太大可不必那么过自悲观，过自摧伤。这不，有苗不愁长，眨眼功夫，差得多先生便长得一人来高，一人来大，眼睛，耳朵，鼻子，嘴巴，一样没少，和全国各省、各市、各县、各区、各乡、各镇的人们，体貌大致相同；只有一点特别突出，嘴巴奇大脸奇小，说起话来嘴巴一张脸一驰，有嘴无脸，变幻莫测，仿佛有时像你，有时像我，有时又像他。

差得多先生自幼胸怀大志，从小学一年级起就赌咒发誓，立下宏愿，要门门功课考百分，长大以后到100个国家去留学，获得100个“脖子厚”（博士后），将来学成归来，好报效祖国。然而，诚如乡间俗语所说的：“一心想屙个蛇盘兔，粑粑稀得立不住。”差得多先生的实际情况，跟他的远大志向相比，差距实在是太大了。他从小学读到高中（肄业），所学功课门门贪功，样样稀松，有生以来得分最高的一次为67.5分，最低嘛，十来八分、五七六分的时候都有，“0”蛋也不是没吞过。所以，几乎每门课程的老师，都很伤心而且无奈，都曾给过他一个异口同声的评价："差得多呀差得多，你可是真够名副其实的呀!"

差得多先生眼看"脖子厚"无望，便索性变成了"脸子厚"。他说："俺老祖爷不多翁的那一套'差不多论'早该过时了。凡事'差不多'算什么？越是'差得多'越做成事才叫本事呢！考了高分怎么样？会玩'无中生有'吗？会玩'空手套白狼'吗？现在'高分低能'的人比比皆是，是骡子是马，拉到社会上遛跶遛跶便知。"差得多先生在步出校门之后，怀揣"差得多论"绝学，在相当长一段时间里，变魔术似地更换了69份工作，在社会上飞速地转游了一圈，最终还是没有立足之地。无他，皆因差得多先生之实践能力，与其"高超理论"相比，差得太多了，绝不止十八斤之于十八两也。

"此处不留爷，自有留爷处；处处不留爷，爷当个体户。"差得多先生毅然决定下海，设摊卖鸡。不日，即有顾客找回来，质问："你这卖的是什么鸡？肚子里塞满了砖头石块且不说，连砖带石3斤6两一只鸡，居然差了1斤8两，你是如何做买卖的，缺德啦?!"差得多先生开始还梗着脖子直着眼睛看地下，本着"徐庶进曹营，一言不发"，笑骂尽管由他。后来，找回来的人多了，差得多先生的涵养也支撑到了极限，突然跳脚大喝一声："差得多！差得多！你们难道不知本人就叫差得多吗!"——大有"我是差得多我怕谁"之牛逼气概。

列位看官，您要知道：差得多先生再差也是"名门之后"啊。托祖上恩荫，看在乃曾祖不多翁在全国的崇高威望，以及乃祖母九斤老太这朵老交际花的多次请托，一家连年亏损的国营企业聘用了差得多先生。厂长说："虱子多了不咬人。已经是亏损企业了，不在乎多一个半个人。”岂料，滥泥滩里也有机遇，就看你抓住抓不住。差得多先生毕竟非池中之物也，不几年工夫，就从一个仓库保管员，提升到了办公室副主任的岗位上。办公室副主任，不就是迎来送往、布置会场、带头鼓掌嘛，对差得多先生来说，小菜一碟的啦。加之差得多先生能大能小，能送会拍，在领导面前总是说：“俺差得多比您老真是差得多多啦!”哄颂得领导一股肉麻传遍全身，便说，好吧，让差得多出任财务主管吧。这下可是如鱼得水，如虎添翼，人尽其才，才尽其用了。本年度该厂亏损1000多万元，可是差得多先生到年终报表时，却报成了本年度盈利3000余万元。就连厂长乍一看，也傻了眼：“这……太离谱……差得多啊……”差得多先生假作痴癫，急忙答应一声：“小的在。”

就这样，由于厂长连年“扭亏为盈”，荣升了。差得多先生由于协助厂长“扭亏为盈”，功劳至大，便理所当然地补了厂长一缺。

虽说差得多先生胸中文墨不多，但是《水浒》、《三国》之类流行民间的小说读本，还是被当作为催眠读物，常于睡前翻看的。这回，差得多先生时来运转了！“怀才不遇”的阴影犹如黄鹤一去不复返了！半斤烈酒落肚之后，差得多先生居然摇摇晃晃站起身来，对着镜子整了整领带，然后走近老板桌，铺纸挥毫，歪歪扭扭地“书法”了当年宋江在寻阳楼抒发豪情的诗句：“他年若逐（疑为‘遂’字笔误）凌云志，敢笑黄巢不丈夫!”一个笑字，最见精神，倘能笑到最后，就更加肆无忌惮，哈哈哈！是的，已“逐”凌云志的差得多先生，笑得有理！黄巢真地没法跟差得多先生相比——黄巢他没当过全国劳动模范，没得过五一劳动奖章，没有在英模巡回演讲团做过800场以上的报告，更没有当过什么委员或者代表，而这些，差得多先生在做厂长的五年工夫内，全都风光过了。不仅如此，他还亲手带出一批“小差得多先生”，作为“人才”输送到各级企业，成为加快经济改革步伐的“弄潮儿”。

正当差得多先生风头猛健烈火烹油之际，喀喇喇似大厦倾，银行前来追债，该企业亏损高达数十亿元，资不低债，宣布破产。只是差得多先生除了在笔记本上画叉叉记记号记下的100来万以外，无论如何也想不起来自己家里怎么一下子多出上千万的不明财产来。在局子里，他苦苦作思索状——他也试图对着审讯员笑过，但笑得不伦不类，确切点说更像哭，于是干脆哭丧着脸对审讯员说：“其余的……实在想不起来。”审讯员冷冷说道：“差得太多了。差得多，你好好想一想吧。”审讯员说完起身走了。他们还得提审差得多先生的前任以及差得多先生输出的那些“小差得多先生”们。“弄潮儿”们嘲弄了时代，又被时代无情地嘲弄了他们。

至于结局，跟诸位经常在电视和报纸上看到的差不多，我在这里只扼要交待一下结果：差得多先生及其前任，因弄虚作假，虚报冒支，贪污、受贿、公款豪赌、包养二奶等，挥霍公款数额巨大，构成贪污罪、受贿罪、渎职罪、巨额财产来源不明罪等，数罪并罚，依法判处死刑，并没收其全部非法所得。行刑之前，差得多先生忽然大彻大悟，脱口喊出一句格言：“‘差得多’是玩世宝典，‘差不多’为混世名言！可惜……”“叭”的一声枪响，便没有了下话。唉，差得多先生差一点就要上凌烟阁了，却不料抢先一步被推上了断头台，可悲可叹，令人扼腕！那些“小差得多先生”们，亦被依法判处十年八年三年两载徒刑不等。没门路的，蹲在里边劳改反省；门路广的，一手交钱，一手捞人，有的“保外就医”，有的“取保候审”，虽一时作鸟兽散，但没准

“谬种”还会继续留传下去。

差得多先生香消玉陨之后，乃曾祖不多翁仍持“活着跟死了也差不多”论，并未见多少伤悲，倒是愈见其温和、含混、圆润以及加倍地慈祥而且康健了，一以仍之地做他的“圆通大师”。然而，其祖母九斤老太，白发人送黑发人，哀哀欲绝自不待言；而且，老太太是日见其不平，日见其愤世疾俗了。她口中念念有词，似乎已不再是“一代不如一代”的陈词滥调，——你猜她说什么来着？

——你们这些差不多先生的子孙们呀！差老鼻子了!!!

（《羊城晚报·花地》2001 年 9 月 28 日，发表时有删节）

第四辑　打破砂锅

耳朵吃什么？

我的一位叔叔是个老中医，很爱琢磨事情。他曾对我说，人的五官长得很有意思：两只眼睛，看好事也看坏事；两个鼻孔，闻香的也闻臭的；两只耳朵，听好话也听赖话；只有一张嘴巴，除了吃饭，说话要算数。“说话要算数”，不仅强调要说真话，还强调无信不立，做人就要像《史记·游侠列传》中的游侠儿，言必信，行必果，重然诺。不过，我叔认为五官中具有吃功能的只有一张嘴巴，似可商量。比如，眼睛也吃——秀色可餐，耳朵也吃——不是有“耳食”之说吗？

那么，耳朵吃什么？

耳朵很挑食。

首先，吃软不吃硬。举例说吧，我前些日子回某市办理调动手续，到人事局取资料，看到不少人围着一个人某科长长某科长短地叫，一边点头哈腰，一边敬烟。被称作某科长的那位虽然暂不办事，但总是呈现着一张笑脸，永不走样。看着某科长长时间侃大山闲聊天，我说，您能否帮帮忙，办完事再聊天？某科长那张蒙娜丽莎永恒微笑着的脸陡然变色，使我用了三天时间费了九牛二虎之力方才盖完一个公章。唉，“食不厌精，脍不厌细”，某科长们的耳朵专拣柔软滑溜些儿的吃，如此偏食，日久天长必然养娇了耳朵。我天生一张乌鸦嘴，不碰钉子便碰壁，自是活该。

其次，吃麻不吃辣。我们家乡有个笑话，说某人做官提升得快，老婆问他有何诀窍，他说他的法宝是“好马快刀”。问他骑的什么马？吹牛拍马；使的什么刀？两面三刀。的确，擅长两面三刀的吹牛拍马之徒，在上司面前专拣肉麻好听的说，如吴侬软语，似切切情话，莺歌燕舞，千娇百媚，耳朵听了能不受用？说真话就不同了。既没有那般声口，也不会那番做工，直截了当，一针见血，诤言逆耳，尖锐辛辣，也难怪人们的耳朵挑三拣四吃麻不吃辣了。不过，谜底揭穿了，拍马的目的是为了骑马。否则，人家挖空心思积攒了那些麻酥酥的好听话，为何偏偏讲给你听？难道怕你那双娇贵的耳朵饿出“耳溃疡”来不成？

第三，吃肥不吃瘦。关于这一特性，有一首古散曲概括得很精当，谨录如下：

〔耍孩儿〕

无钱啊，思量泪打腮边转，愁恨情怀怨什么天！光阴世事多更换：有钱呵，红缨白马人称美；无钱呵，罄手空拳骨肉嫌，衣衫褴褛人轻贱。有钱呵，胡言乱语全有理，无钱呵，说出立国机关总枉然。到如今参透了人心面，有钱的人前说好，无钱的怎敢当先！

我曾跟朋友们开玩笑说，世界上什么眼最好看？不是丹凤眼，不是杏壳眼，而是“钱眼儿”。有些人的耳朵就好像是从钱眼儿里长出来的，食性极刁，吃肥不吃瘦，认钱不认人。

第四，吃上不吃下。也许有人会说，软硬、肥瘦、麻辣好理解，这上下如何个吃法？据报载，今年长江沿岸发大水，受灾某县有个女孩子考上大学。一位高级领导知情后说，一定要让这样的孩子们上了大学。就这么一句话，被该县领导“耳食”了。他们立即决定，由县长亲自率领一班人马敲锣打鼓护送女孩入学，并宣布她上大学四年的全部学费和生活费用由县财政负担。虽说这与那位高级领导的初衷相违背，但该县的领导的确听觉灵敏，反应神速，只要是上边的话，他们的耳朵便能及时“吃”住，深刻领会，超常发挥，甚至不惜闹出笑话，演出闹剧来。然而，这种笑话，这类闹剧，又岂止某县所独有！

每一个人的耳朵都有自己的食性。

我们从小到大，耳朵听到的，书上看到的，大多鼓励说真话。但你想说真话，还得遇到听真话的耳朵。1995 年我在《战略与管理》杂志做编辑。其时，美国著名经济学家克鲁格曼教授在《外交》季刊撰文指出，东亚经济繁荣的神话不过是个“纸老虎”，用不了多久就会崩溃。这话自然大逆亚洲政治家和经济界人士之耳，连我国的一些经济学家也“义”形于色，群起而攻之，斥骂克氏纯粹是一种阴暗的嫉妒心理。可是才不过两年，东亚经济吹起的泡泡真地崩裂了，我们的经济学家也随即哑口无言了。今天回过头审视一下：三年前，亚洲可曾有哪一位政治家的耳朵听进了克鲁格曼的预言呢？

李商隐在《挂枝儿》一书说过，人有几个“劝不得”，如吝啬，如好色。近年官场常有因贪财好色而翻船落马的“59 岁现象”，想在下台前最后捞一把，失了晚节。劝不得，听不进，往往误了卿卿性命。按照孔夫子“六十耳顺”的说法，人活到 60 岁才长出一只听得进不同意见的耳朵，那未免太晚了。古人所谓聪明，包含着耳聪目明的意思。我叔还说过，人常说睁一只眼闭一只眼吧。你想想，人在什么状态下才睁一只眼闭一只眼呢？打枪的时候，放箭的时候。那种睁一只眼闭一只眼的态度，也许正包藏着祸心，想看着你落井。不管别人睁一只眼还是闭两只眼，我们自己要睁开两眼看世界。同样，人长着两只耳朵，不仅光吃软的、肥的、麻的和吃透上边的精神，也要吃得消硬的、瘦的、辣的和来自民间的声音。不要一听到不同或者相反的意见，就装聋作哑，甚而恼羞成怒。要知道，挑食的耳朵，很容易自食其果。

（《文汇报·笔会》1998 年 12 月 23 日）

领导来了怎么办？

一

数日前到Y市与朋友小聚，席间，大家几次说到“领导来了怎么办”这句话，似有深意存焉。我追问再三，其中一位叠起两个指头，说出一番话来：

领导来了怎么办？先住宾馆再管饭。
管饭以后怎么办？麻将桌上搬一搬。
搬完麻将怎么办？舞厅里边转一转。
转完以后怎么办？桑拿浴里涮一涮。
涮完以后怎么办？找个小姐按一按。
按完以后怎么办？小姐问他干不干？
干完以后怎么办？咱的领导算一算。
算完以后怎么办？干事签字花公款。

整个儿一个公款吃喝嫖赌全流程！

据说，这首新民谣的创作者就在 Y 市郊区，近在咫尺，惜乎未谋一面。

二

我常常担忧我的文章没准会流传下去，十年，二十年，甚至上百年，那绝非一桩好事。就说这首新民谣吧，我既然做了记录，就负起了为它作注的义务，否则，百年之后，即使有人知道“按”即按摩，也不可能清楚“干”就是嫖，“小姐”就是做皮肉生意的主儿。

而且，这首新民谣所体现出来的艺术匠心也不容忽视。不说“他问小姐干不干”，而说“小姐问他干不干”，使领导显得特矜持，特有风度，特守身如玉。当然，舍不得娃娃套不住狼，舍不得贞操当不了娘（或爹），领导终于守不住就不言而喻了。

还有个叙述主体的问题，百年以后也是一桩公案。从叙述语气上看，创作者（或曰叙事者）是个负责接待工作的机关小职员；“领导来了怎么办”中的领导，当指上级或兄弟单位有头有脸的人物；“咱的领导算一算”中的领导，则是他的顶头上司，虽着墨不多，却是吃喝嫖赌活动的总策划兼总后台；“干事签字花公款”中的干事，即叙事者一类鞍前马后跑小腿儿的人物，专司在“经手人”一栏签字画押，与“咱的领导”大笔一挥“同意报销”的批示密切配合，这番公款吃喝嫖赌就披上合法化的外衣了。从叙事者对这一切的一切“门儿清”来看，或许他也是个惯家。

三

现在，该有人和我讨论一个指头和九个指头的关系问题了。他会拿起腔调说，这个腐败问题嘛，也许有的，但那是一个指头跟九个指头的关系啦，要看主流呀，主流还是好的嘛。云云。

在Y市有个“某某度假村”，恰好可以作“领导来了怎么办”这首民谣的背景：进门吃饭，有小姐作陪；再进，卡拉OK厅，有小姐伴歌伴舞；再进，桑拿浴室；继续前进，房间作放射状分隔，一人一间，由按摩小姐领入，有床，可谓曲径通幽，花木深深。这里是Y市公款吃喝消费的主要场所之一。一位火力侦察过该“村”的记者说，里面官人不少。他问，你知道什么是“推油”（不知是否这么写）吗？我不知道。即使知道，也不能写出来，估计“涉黄”。

像这样的“指头”，即使只有一个，也算不得什么光荣。

四

假如有这样一位领导，白天在电视里满口“父老乡亲”唾沫飞溅做报告，晚上却到“南海渔村”（类似“某某度假村”——两个“村”好像是一个“公社”的）去作逍遥游，沐猴而冠，滑稽无耻，老百姓一定会嘲笑他：“白天父老乡亲，黑夜南海渔村。”这样的领导来了，群众就会鄙夷地说，喏，“父老乡亲”来了！

从前我总以为“洪水猛兽”一语，不应该把“洪水”排在“猛兽”前边，今夏长江、嫩江、松花江百年不遇的洪灾，使我明白古人的排列为不谬。尽管广大军民众志成城不畏“水深火热”舍生忘死奋战在各沿江大堤上，但据报载，仍有个别官员（以及秘书）来到灾区要威风、抖官谱，闹腾着要吃王八、喝名酒、住有空调房间……这样的领导来了，与“洪水猛兽”相比，还应该排在“洪水”的前边。

如果一边是庄严地工作，一边是荒淫和无耻，领导（哪怕仅“一个指头”）来了只知吃喝嫖赌，“捞”民伤财，而老百姓又无可奈何，于是便有了冷嘲，便有了“领导来了怎么办”这样的追问。我国古代有“匪来如梳，兵来如篦，官来如剃”之喻，足见老百姓是怎样痛恨贪官污吏们的无底宦囊！

五

文章写到这里，本该结束了。但一般提出问题，就要有个解答。然而本文的问题，却不是我所能作答的。倒是当老百姓提出“领导来了怎么办”的时候，领导们该扪心自问几个“怎么办”；尤其是那些专司管领导的机构，更应该认真地研究一下该“怎么办领导”了。

（《南方周末·百姓茶坊》1998 年 10 月 30 日）
（香港《大公报·大公园》1998 年 12 月 29 日）

夜郎为什么自大？

——《十来个为什么》之一

夜郎为什么自大？因为它“小”。

据《史记·西南夷列传》记载：“滇王与汉使者言曰：‘汉孰与我大？’及夜郎侯亦然。以道不通故，各自以为一州主，不知汉广大。”夜郎本是汉时西南地区的一个弹丸小国，然而正是由于它“小”，才总想托大，总想跟“大”比一比谁大。这大概也就是俗话说的“小人自大，小水声大”的缘故吧。其实，“小”并没有什么不好，“小”而装大充大，妄自尊大，才让人觉得好笑。

夜郎为什么自大？因为无知。

夜郎侯由于囿于一隅而“不知汉广大”，总以为他老兄治下的国度乃世界之最大。无知者无畏，于是就有了“汉孰与我大”的提问。不过，不知者不罪。譬如井底之蛙认为“天大如井面”，是因为它所看到的天空真地只有井口那么大，它的说法不仅是“真实的”，也是真诚的；这是由于它的眼界所限，无知所致。但如果该蛙蹲在井台上，还坚持认为“天大如井面”，那就不是无知的问题了，是睁着眼睛说瞎话。

夜郎为什么自大？因为虚荣。

妄自尊大的人，看上去似乎有点自恋，有点自负，有点自大，而实际上却是自卑的。真正有实力的人，用不着自高自大，因为他的“大”是明摆在那里的。卑微的事只有在卑微的人眼里才是巨大的。因为自卑，所以自大。妄自尊大的人内心深处是最脆弱最卑微的，“自大”不过是他们抵御外在世界的一种武器。所以说，夜郎自大说透了是一种虚荣心在作怪。其潜台词是：瞧，我是多么地强大！

（《中学生阅读·高考版》2006 年第 5 期）

鹬蚌为什么相争？

——《十来个为什么》之二

鹬与蚌一个在水里，一个在陆上，它们是怎样遇到一起，又是为什么争得你死我活的呢？

查一下原始记录。据《战国策·燕策二》载："蚌方出曝，而鹬啄其肉，蚌合而钳其喙，鹬曰：'今日不雨，明日不雨，即有死蚌。'蚌亦曰：'今日不出，明日不出，即有死鹬。'两者不肯相合，渔者得而并禽之。"

表面看来，嗜欲深者天机浅，鹬与蚌两斗俱伤，反倒好过了渔翁。然而往深处想，是谁挑拨离间让它们斗起来的呢？思来想去，只有渔翁最具有挑动鹬蚌相争的动机和冲动。

让我们还原一下渔翁"下套"的情景吧：渔翁走过海滩，看见鹬在那里打太极拳，便笑着说："哟嗬！你们可真够悠闲的，蚌在那边晾膘，你在这里练拳，只有我这个老头子在辛苦劳作。"鹬一听说"蚌在晾膘"，立马收起招式，三步并作两步跑过去，照着蚌那粉嘟嘟的嫩肉，一口啄了下去！那蚌正晒得舒坦，突然感到刀扎一样疼痛，"啊呀"一声大叫，本能地收起两扇“铁甲”，把鹬的长嘴夹了个结结实实……正当两个“掐”得不可开交之际，渔翁笑眯眯地走过来说：“一锅煮吧。肉肥汤美，味道一定好极了！”

唉！两千多年以来，人们只知道“鹬蚌相持，渔翁得利”，以为是渔翁赶巧捡了个大便宜，没承想是他老人家在中间做了工作。所以说：鹬蚌相争，渔翁拨弄。

歌德说过，动物是人类的漫画。其实，鸟类和水族，又何尝不是呢？

（《中学生阅读·高考版》2006 年第 6 期）

龟兔为什么赛跑？

——《十来个为什么》之三

你随便问哪一个小学生，龟兔赛跑告诉了我们什么？他一定会回答：骄傲就要落后，坚韧必将赢得胜利。这是唯一的“标准答案”。

不过，我今天的问题是：龟兔为什么要赛跑？

龟和兔在一起，干点什么不好呢，比如，龟可以跟兔子交流“长寿诀”、“缩头功”什么的，兔子也可以给龟讲解“双兔傍地走，怎样辨别雌和雄”之类的学术问题，但就是不要去赛跑。乌龟怎么能跟兔子站在同一条起跑线上呢。你见过乌龟跑步吗？那叫“揉”，或曰“肉”。

让龟兔同场竞技，是谁的主意？或者说，体现了谁的意志？古希腊的埃斯库罗斯说过，竞赛决不会等待迟钝的人们。难道独独会等待慢悠悠的乌龟吗？就为了让龟稳拿冠军，竟特意安排了一场“睡戏”。有谁见过在竞技场上睡觉的选手呢？与其说兔子是“骄傲地”睡着了，还不如说是气厥或者绝望得躺倒不干了！

如果说这次活动是有关部门特意安排的，兔子还能说什么。假如一定要从乌龟参加此次比赛活动总结出某种意义来，那就是地球人都知道的“重在参与”，或者说“重在掺和”吧。

《易》云：“舍尔灵龟，观我朵颐。”聪明的乌龟不会不明白，比赛的意义并不限于比赛双方，还有千万双雪亮的观众眼睛在看着你。倘若人为地撮合龟兔赛跑，人为地调整比赛规则，人为地设定比赛结果，既挫伤了兔子，也羞辱了乌龟。

（《中学生阅读·高考版》2006 年第 7—8 期）

三人为啥成不了虎？

——《十来个为什么》之四

所谓“三人成虎”，是指谣言或讹传一再重复，即可达到以假乱真、蛊惑人心的作用。《战国策·魏策二》和《韩非子·内储说上》记载了一个大致相同的故事：“庞葱（一名庞恭）与太子质于邯郸，谓魏王曰：‘今一人言市有虎，王信之乎？’王曰：‘否。’‘二人言市有虎，王信之乎？’王曰：‘寡人疑之矣。’‘三人言市有虎，王信之乎？’王曰：‘寡人信之矣。’庞葱曰：‘夫市之无虎明矣，然而三人言之而成虎……’”

明摆着没有虎，但三个人分别说有，魏王就信以为真了。这就是“重复的力量”所在，这就是谣言的杀伤力所在，这也是历代奸邪之徒热衷于造谣惑众诬陷害人的积极性之所在。

然而，在大多情况下，三人未必真能成虎。第一，凡谣言均属凭空捏造，纵然重复千次，假的毕竟是假的，麒麟皮下终究是要露马脚的。第二，谣言止于智者，尽管头脑颟顸的魏王轻信三人之虎，并不等于所有人都相信真有其虎；更何况群众的眼睛是雪亮的，只凭他三个人六只手，怎能掩得住天下人的耳目！第三，谣言一旦出笼，便成为“客观存在”，就像落成典礼了一项“豆腐渣工程”，推倒重建是绝对不行的（影响太大），修修补补的维护或曰养护又相当耗神，造谣者很难在长时间里总能把谎言圆得天衣无缝，心劳日拙，捉襟见肘，败露只是个迟早的问题。

鲁迅先生早就说过：捣鬼有术，也有效，然而有限，以此成大事者，古来无有。所以说，三人不仅成不了虎，也成不了气候。别说是三人，就是再动员上三十个人费力巴兮捏鼓出一只“猛虎”来，也是个“纸老虎”，一戳就穿！

（《中学生阅读·高考版》2006 年第 10 期）

三纸为什么无驴?

——《十来个为什么》之五

《史记·循吏传》有“公仪休，鲁博士”之传记，这是在史籍里所能见到的最早的博士，约在战国鲁缪公之时。《汉书·百官公卿表》解释，博士是“通古今”、“承问对”的饱学之士，据说学问大了去了。博士买驴的掌故，出自北齐《颜氏家训·勉学》：“邺下谚云：‘博士买驴，书券三纸，未有驴字。’”

不就是写一份买卖驴子的契约吗？只要写清楚：“张三买李四驴子一头，付现银N两。特立此据（签名画押）”，即可。为何在博士笔下，竟然写满三纸还看不见一个“驴”字呢？最吊人胃口的是：博士在这三张纸上究竟写了些什么？噢，一定是博士先生学问忒大，觉悟忒高，从世界形势一直扯到买驴老汉村子里形势一片大好，再加上一连串排山倒海气势的“在……的指导下”、“在……的领导下”、“在……的鼓舞下”，等等等等。倘如此，三张纸哪里够用？何况，结尾还需要两张纸抒写“而奋斗”呢。

不要以为我是在搞笑。历史上的官样文章，还有比“三纸无驴”

更搞笑的。明代的户部尚书茹太素在做刑部主事时，上了一份17000字的奏折，读到6000字还没有进入正题，惹得明太祖朱元璋龙颜大怒，喝令将茹痛打一顿屁股！其实，这个折子还是蛮有价值的，只是文词太繁琐。后来朱元璋亲自将它缩编到500字，“帝自序其首，颁示中外”。500字就能搞定，却偏要整出17000字来，注水量高达33倍。这需要多大的“学问”啊！

唉！都是“学问”惹得祸。

（《中学生阅读·高考版》2006年第11期）

玉碗盛来“虎魄光”？

去年12月29日《北京晨报》头版头条独家刊登《牛崽裤、子细、计画……/这么写不再算错字/教育部和国家语委公布首批338组异形词》的报道，并在第二版刊登了《第一批异形词整理表》。两天后，《北京青年报》发表《“子细”、“计画”最好不要用——语委专家澄清〈整理表〉用途》；《文汇报》也发表了《规范异形词“子细”应避用》的报道。

把这三条新闻放在一起比较阅读，就会发现，《北京晨报》除了把题目做得“扎眼”点外，与另外两条新闻的内容并没有实质上的区别。而且，三条新闻提到的专家也是同一人，即异形词研究课题组组长、国家语委研究员李行健先生。《晨报》在报道中引用了他的话：“对于公布的异形词，我们推荐第一个，第二个也不算错。”如果这话确系李先生所说，那么《晨报》的消息基本上反映李先生的原意，何必借助媒体来澄清？按照“第二个也不算错”的说法，“第二个”似乎还可以继续使用；可李先生又澄清说：“推出《第一批异形词整理表》的目的，恰恰就是告诉大家不要使用类似上文那些异形词，而是使用《整理表》推荐的词形。”似乎又告诉人们“第二个”不宜再用。《整理表》究竟要解决什么问题，它对异形词究竟有什么规范作用?

乍看《异形词整理表》，心情颇为高兴。作为一个文字工作者，以为在“莫衷一是”若干年后，终于找到圭臬了。但仔细看过这338组异形词后，却又一头雾水。顾名思义，异形词就是同音同义不同形的词。而纵观《整理表》，其中有些词算不算异形词都要打个问号。如“百废俱兴——百废具兴”如果是异形词，那么“与时俱进——与时具进”是否也属异形词?“犇手”虽与“扒手”同音同义，“孳孳”也确是“孜孜”，但现在还有谁使用这些早已死去的字（词）呢?将这些繁琐的陈词搜集出来列表公布，对一项普及性工作又有多少实际意义呢?最典型的是“琥珀——虎魄”，我查了《辞海》（1980年8月版）“虎”字打头的词条和“琥珀”一词，均不见“虎魄”的踪影，不知整理者是怎样挖掘出来的。根据异形词可以相互替代的特性，若把李白的诗句“玉碗盛来琥珀光”换成“玉碗盛来虎魄光”，会产生怎样的阅读效果?“虎魄”大概很难让人联想到美酒泛出的光来，倒会让人联想到“熊心豹子胆”之类。“虎魄”早已死掉，“琥珀”还用推荐吗?

语言文字向来是民族国家之重器。历史上秦灭六国后，立即着手统一货币、文字、度量衡。新中国成立不久，也曾公布汉字简化方案，并较为成功地进行了汉字简化。语言文字作为思想、文化的载体，有一个历史积淀过程，有其相对稳定性，不宜随意更改，一旦更改就须合乎习俗、规范，使之既有权威性，又有可行性，得到公众普遍认同。记得20世纪80年代，国家语委曾出台过一个汉字简化方案，后来又废止了，这实在是个教训。一次失败，可以从中吸取教训，若多次“出台”而后又废止，就会让人产生厌烦情绪从而不利于改进。

（《中国青年报·求实篇》2002年1月9日）

奋什么斗?

从小听着“人生必须奋斗”的明训，长大后也曾用这样的“格言”教导过自己的子侄辈。然而，忽然一夜反躬自问：奋什么斗呢?连自己也茫然得很。

鲁迅先生在七十多年前说过这样的话：“古时候，秦始皇帝很阔气，刘邦和项羽都看见了；邦说，‘嗟乎！大丈夫当如此也!’羽说，‘彼可取而代也!’羽要‘取’什么呢?便是取邦所说的‘如此’。”“何谓‘如此’?说起来话长；简单地说，便只是纯粹兽性方面的欲望的满足——威福，子女，玉帛——罢了。然而在一切大小丈夫，却要算最高理想(?)了。我怕现在的人，还被这理想支配着。”(《随感录五十九“圣武”》)

鲁迅先生当年所担心的“现在的人”，在七十多年后的今天仍然存在着，他们仍被“纯粹兽性方面的欲望的满足”这种“崇高理想”支配着。5月3日的《南方周末》刊登了一篇《涪陵“硕鼠”赵甫安》的长篇报道，对赵甫安跑官、榨钱、玩女人的“奋斗历程”勾勒出一个大致的轮廓。这个轮廓极具典型性(它也代表着北京市原副市长王宝森等人的“奋斗历程”)，因而，我想把它概括为“赵甫安奋斗模式”：抓权(威福)——捞钱(玉帛)——玩女人(子女)。最令人惊叹的是，当赵甫安自知法网难逃的时候，不止一次地对一位青年刑警说："你给共产党干，一个月才多少钱？只要你能把口供帮我改了，把我的脑壳保下来，我给你120万。"听听，赵甫安还想以他的"奋斗模式"对青年人"传、帮、带"呢！

一个站在党旗下举拳宣誓"为人类解放事业奋斗终身"的共产党员，一个原中共涪陵市委书记，一个四川省石油总公司党委书记，竟然对一位青年刑警说出"你给共产党干"这样的话来！这个赵甫安是怎样混进共产党内而且一路青云的呢？难道仅仅把这个"落水狗"一枪毙掉就算万事大吉了吗？

奋斗，奋斗，奋什么斗呢？这确实是摆在今天的人们面前一个极其重要的问题。奋斗不仅仅是一种"空对空"的所谓"理想"，奋斗是需要占有"资源"的。平民百姓为稻粱谋，即使有心贪图"威福、子女、玉帛"，亦不可能轻而易举获得。而"赵甫安"们则不同。他们首先占有了无所不能的"权力"资源，只要他们萌生了"纯粹兽性方面的欲望"的念头，然后便财物尽可取，妇女尽可"幸"。"赵甫安奋斗模式"正在日益毒化着社会空气。彻底斩绝这种社会毒瘤，刻不容缓。

然而，在尚未斩绝之前，我总不能忘却鲁迅先生的话："我怕现在的人，还被这理想支配着。"倘有不愿被"这理想"支配者，我们现在应该奋什么斗？难道我们只好仍旧搬出"达则……，穷则……"的"老黄历"，抑或干脆抬出"为解放全人类而奋斗"的"新日历"吗？不然，那么？恭请当代明哲指点一二则个？

（收入拙著《白纸黑字》，2000年，中国戏剧出版社）

第五辑　木文虫语

雷霆走精锐

已故作家冰心酷爱集杜甫和龚自珍的诗句，并经常以之题赠友好。其中，“冰雪净聪明，雷霆走精锐”一联，似正好分别概括了散文和杂文的各自特点。关于散文，姑置不论。我以为，用“雷霆走精锐”来定义杂文，真是再恰切、生动不过了。“北斗七星高，哥舒夜带刀。”杂文是利器，富于刚性。杂文气血充盈，精满神旺，是走脑子的文章。血走心，气走肺，精走肾，雷霆走精锐。一个“走”字，最见精神。纵观目前的杂文创作，大致有如下几种“走向”。

时下的杂文，以新闻时评数量最大，也最为走红。时评高手关注社会生活，紧扣时代脉搏，针对当下发生的焦点、热点问题，做出迅即的反应，及时解析，当即批评，在依托新闻事实的基础上，进一步深开掘、精加工，发现那些具有普遍意义的新颖而有价值的东西，洞烛幽微，言人未言，引领大众视听。时评之优长，在于“一招鲜，吃遍天”；而且讲求速度与时效，须是“神速麻利快”兼“刺激麻辣烫”。这样的杂文，当然会受到目前最广大的读者青睐。

但问题也出在这里。人常说，太阳底下无新事。一大帮“快枪”们每天从报纸、电视或网络上全天候地搜寻批判的“靶子”，一旦发现目标，草枯鹰眼疾，一哄而上，抢着发言，你写我写他也写，萝卜快了不洗泥；打开未来几天的报纸和网络看吧，针对某一问题的同类时评，“求大同而存小异”，观点雷同，口径一致，所发文章差不多都是一个面孔。如果有人问，眼下时评有无精品？有，但少。由于“书被催成墨未浓”，大多是些浮皮潦草、无病呻吟、强说滋味、不走脑子的应景之作。

时评界还有一个有趣的现象，我给它总结了一句话，叫做“千里眼与万金油”。所谓“千里眼”，是站得不高看得“远”，对自己周边的人和事往往视而不见，听而不闻，即使身边一个小科长坏透了，也不敢开罪，但外省的某长、外国的元首，咱都敢横挑鼻子竖挑眼。所谓“万金油”，是咱什么都懂，三坟五典八索九丘无不通晓，对于每一个新出现的问题，不管有无研究，都敢踊跃表态——至于“态”之高下优劣倒在其次，关键是“表”，为了混个脸儿熟，即使失“态”了也在所不惜。像这类抄一通书报、扯两句淡话的表态杂文，多个三篇五篇，少个三五十篇，又有什么影响呢？对于杂文家来说，“敢说”固然需要，然而，“说得好”尤为重要。

我这么说，全无半点鄙薄时评的意思。恰恰相反，我知道时评十分不好写，写好尤难。别的不说，仅仅是“在单位时间内赶写出来”这一条，就需要曹子建之捷才。心浮气躁，急于求成，是写不出好的时评来的。写好时评，需要博观而约取、厚积而薄发。毛泽东的《友谊，还是侵略?》、《别了，司徒雷登》是时评，大气磅礴，气吞万里如虎。鲁迅的《“友邦惊诧”论》、《记念刘和珍君》也是时评，是真正意义上的“感时花溅泪”、“伤麟怨道穷”的时评。也许有人会说，你举的这些例子，太高不可企及了。然而，取法乎上，仅得其中。起码可以证明——套用一句“美的”空调的电视广告词——“原来时评可以更美的”。

眼下杂文创作的另一个重要分支，是对某一个或某一方面具体而鲜活生动的社会问题剖析研究之后，以杂文的形式表达出来，颇有些学者杂文的味道——我把它称之为“田野杂文”。由于作者已作了具体而细致的田野考察和资料研究，加之对问题的切入角度比较特别，写起来持之有据，言之成理，故而这类杂文往往显得独特、厚重、深刻又不乏书卷气，因为新鲜有味，所以十分好读。

其实，不少“田野杂文”作家，最初也是写时评的，但久而久之，陷入了一种模式化操作，每写一篇杂文，往往只是置换几个例子，并无什么新的观点，甚至连几句新鲜的话都没有，杂文创作变成了流水作业，自己也觉得无聊没劲儿。为了不因袭他人，也不简单地重复自己，于是便走向了埋头读书、研究问题，走向了“田野杂文”创作一途。但问题研究是“田野杂文”的出发点，并不一定非要解决什么问题。不错，杂文家是社会的良心，“穷年忧黎元，叹息肠内热”，有一种悲天悯人的情怀，诚可贵也。常听有的杂文家说，他的某篇杂文受到了某高官的重视，解决了某一个什么什么问题。这当然很好了。但是，这还只停留在封建时代的文士们“上摺子”的水平上。杂文是立论的文体，它只做价值判断，不做（也做不了）法律裁定，批判的武器永远替代不了武器的批判。鲁迅的杂文够狠、够辣、够幽愤、够深刻、够寸铁杀人一剑封喉的了吧，至今解决了什么“问题”？但这并不影响他的杂文的巨大的存在价值。

忘记了是谁说的，杂文家是一种命定。的确，杂文是杂文家性格和气质的赤裸裸的表现。有的人可以写诗歌、小说、散文，但不一定能写杂文；反之亦然。“迥与众流异，发源高更孤。”杂文家往往是孤标傲世的，有其独特的风骨，他那不足二尺长的一截脊梁骨，绝不会软化延伸作为尾巴卷起来，因谄媚、乞怜而摇动——或暧昧地摇动。我们常常可以听到人们对杂文家这样一种评价：为人尖刻。这没有什么不好。尖为尖酸、尖锐，刻为刻薄、深刻，读者在领略其尖锐、深刻的文字的同时，也应该接受其或多或少的尖酸和刻薄。要知道，好好先生与杂文，永远是风马牛不相及的。

鲁迅常用杂感或随感来称自己的杂文。而我从前总觉得杂感没有杂文“文”，似乎低了个档次似的；但咂摸了十几年之后，现在觉得杂感二字用得非常精准、到位，杂文本来就是以“感”为主、“有感而发，反感而作”的文体嘛。然而，正如“人与人不同，花有几样红”——“感”也有“感”的不同。有的杂文家写了十几甚而几十年的杂文，声名远播，著作等身，但当你仔细回想：这个人到底有哪一篇文章或者哪一句话给我们留下深刻印象、让我们记住了？似乎模糊得很。所以说，“感”不仅要“有感”而发，还要发“自己的感”，无病呻吟是“有病”，那些哼哼唧唧的所谓勤奋与高产，还真不如“有话则短，无话闭嘴”的好。

正因如此，我非常喜欢目前并不多见的第三类杂文，即有思想、有深度、有趣味、耐回味的富于逻辑力量、思想锋芒和阅读美感的杂文。这类杂文的一个最大特点是具有原创性。它高度地抽象、概括了某个具有普遍性的问题，然后再以高超的艺术手法把它具象地表现出来，使之成为一件艺术品。

谈到这类杂文，不禁想发点“思古之幽情”。由于中国古代的文体仅以韵文和散文来划分，因而散文所包罗的东西实在是太庞杂、太宽泛了。倘以今天的标准来划分，杂文既然是立论的文体，那么古代的不少名文，堪称经典杂文。仅以处于“百家争鸣”的战国时代的庄周和孟轲之文为例——

先说庄子和他的杂文《庖丁解牛》吧。按常理说，无论怎样的大手笔，写一个屠夫宰牛，还能做出什么花儿来？可是在庄子笔下，为文惠君解牛的庖丁，手、足、肩、膝加屠刀，不仅“恢恢乎游刃有余”，而且动作起来合节奏、有韵律，“合于桑林之舞，乃中经首之会”，使解牛成为一种享受和艺术，成为一种“道”，真正达到了孔子所谓“游于艺”的境界。也难怪文惠君看完庖丁的表演，听完庖丁的讲演，由衷地赞叹：“技盍至此哉!”“善哉！吾闻庖丁之言，得养生焉。”古云“书不尽言，言不尽意”，又云“道不可言”。人生观本来是一种抽象的形而上的东西，但是庄子借庖丁解牛之譬喻，不着一字，尽得风流，把“利害不涉于身，生死无变于己”的“养生之道”，解析得那么具体、生动、形象而且优美；同时，也把读者的情思引向了神妙而辽远的地方！

再看孟子的《生于忧患，死于安乐》、《天时不如地利》、《鱼我所欲也》、《民为贵》诸篇，长的不足400字，短的只有70来字，每篇都有“新观念”的发明和创造，正是它那崭新的思想光芒，使之历数千年而传唱不衰。明人李贽评价《鱼我所欲也》一文时说：“全是元气磅礴。此等文字都从浩然气中流出，文人哪得有此!”

学习和借鉴前人的优秀成果，正是今天杂文创作的源头活水之一。

“新松恨不高千尺，恶竹应须斩万竿!”我之所以用“雷霆走精锐”来概括杂文的特点，是因为“雷霆”代表力度，“精锐”代表美感，力度是思想的力度、批判的力度，美感是精金之美、阳刚之美，不管是思想也好、批判也罢，都需要借助美的形式来实现，否则便成了无源之水、无本之木；最关键的是一个“走”字，它是从“雷霆”抵达“精锐”的必由之路，既融汇了作者的思想、激情、胆识和才学，也包涵着选材、立论、开掘、创新以及“天机云锦用在我”、“艺匠惨淡经营中”的整个创作过程。的确，美是力量，批判是力量，思想也是力量；好杂文是批判的武器，是思想的雕塑，是立论的美文。像胡适的《差不多先生传》、鲁迅的《拿来主义》、绀弩的《我若为王》、萧乾的《上人回家》、艾青的《画鸟的猎人》等等等等，这类杂文哪怕一年只收获一二篇，对于杂坛来说，也是丰年。而目前的杂文创作，用一句古诗来概括，叫做“乱花渐欲迷人眼，浅草才能没马蹄”。倘问今后杂文创作的路怎么走？叫我说，十个字：陈言务去，出精品，走精锐!

（《人民网·观点》2003年4月21日）

《母亲词典》自序

人字一撇一捺。

人生上下求索。

什么是传统?

什么是传统文化?

也许有人会说:

传统就是一代一代传下来的“统”。

那么，究竟什么是“统”?

什么是中华文明血脉承传割不断的“脐带”?

一个现代国家的宏观分类，往往划分为政治、经济、社会、文化“四大板块”。

然而“四大板块”不是平行的。它就像地球的构成。地壳是政治，虽然无所不包，但却是表层的。地幔是经济，虽说比地壳要深入一些，但经济手段解决不了所有的社会、伦理等问题。地核是社会，尽管已经深入到“核”的部分，但它仍然不属于心脏地带。地心是文化，只有文化才称得上一个国家（或曰民族）的心脏与灵魂。

因为，所有的问题，追根溯源、归根到底都是文化（或曰文明）的问题。

传统文化传什么？
传精华，也传糟粕。
尤其在人欲横流的时代，扬弃美好，却传下诸多不堪。
故历代不乏“风流俗败”、“礼崩乐坏”之叹！

如何重新发现丢失了的传统价值？
怎样才能唤回扭曲了的伦理力量？

《诗·大雅·板》：“先民有言：询于刍荛。”
《汉书·艺文志》：“仲尼有言：礼失而求诸野。”

求诸野，求诸谚。
俗话是实话，众人是圣人。
谚语是散落在野的珍珠，庶几可以完成“传统文化”的拼图。
在每一条谚语的内核之中，都包含着中华文明真善美的因子。

谚语是一部口口相传的文明史。
谚语是一个民族的回想与记忆。

2010年3月于北京

（选自拙著《母亲词典》，2010年，中央编译出版社）

《20世纪中国杂文读本》序言

站在世纪的田埂上回望。

回望百年的文学田野，金黄的田野，一片丰收景象……

杂文在这百年里的成长与丰收，绝不亚于其他任何文学种类。然而，当你凝眸谛视的时候，才发现不是所有的土地都能打下颗粒饱满的粮食。

《诗》云：茀厥丰草，种之黄茂。实发实秀，实坚实好。

一个健康的社会，必须有哲学的牵引，历史的反思，文化的批判。

杂文，是社会“感应的神经，攻守的手足”（鲁迅语）。

杂文是批判的武器。

好的杂文，必然蕴涵着深刻而独到的思想和见解。

而且，好的杂文，辛辣，幽默，形象，概括，精炼，耐读，有张力，有血性，令人常读常新，永不餍足。好杂文不仅今天可以读，今年可以读，而且十年二十年甚至数百年以后，仍然可以读出“味道”以及“成色”来。

好杂文是一件艺术品。

区区一直想从百年的文学长河里，选出一本杂文集子，给自己看，给同好看。

选文的数和量如何统一？选得太少，不具有代表性，选得太多，又失去了“选”的意义。历史地看，能够流传下来的好的选本，诗以300首为度，如《诗经》、《唐诗三百首》，文以200篇为宜，如《古文观止》。

比照这个标准，再略微收缩一点，于是，从1900－2000这100年里选出100人的165篇杂文，既不搞排排坐、吃果果，也不搞哥儿们义气“圈子文选”，更不企求为文学史提供什么范文蓝本；纯属个人口味，个人爱好。

我的选文标准是：有思想含量的，选；文体创新的，选：传神写照的，选；韵味深长的，选；鞭辟入里的，选；嘻笑怒骂的，选：短小精悍的，优先选；好玩好读的，侧重选……但是有一个前提，就是必须置于100年这个时间的长河里参照来选。由于“百年百人”之限，在一个世纪里的优秀杂文家和他们的优秀作品之中，来回掂量，反复遴选，取舍之间，颇费踌躇。

遗珠之恨肯定是有的，我压根就没想搞什么“高大全”，貌似淹博，同时也会淹没。如果入选的篇目中绝少混珠之鱼目，我就非常之满足了。

虽说是“弱水三千，只取一瓢饮”吧，然而，从全部入选杂文之写作年代所构成的时断时续、此起彼伏的“波谱”中，仍依稀可见百年中国历史的沉沉背影……

好杂文“自将磨洗认前朝”。

漫画和杂文是姊妹艺术。本选本选配了现当代漫画家的50多幅漫画精品。这不仅仅是为了活跃版面，更重要的是，让杂文和漫画联袂，联想品读，会心，解颐，谐趣，有味，相得益彰，曼妙无比。

杂文与漫画，是优秀人群中的优秀头脑里绽放出来的思想花朵。

感谢为我们贡献了快乐的思想和优美的艺术品的杂文家和漫画家——你们的作品，在某种程度上减轻了人们精神的荒凉。

把《20世纪中国杂文读本》定为书名，是颇冒被大方之家哂笑的危险的。

不过，参照清人编定的、已流传300余年的《古文观止》，上起周代，下迄明末，在近二千年的历史长河中，也不过打捞起222篇文章，平均10年1篇多一点；虽然现代作家从数量上远远多于古代，但从短短100年中，仅杂文一项就选出165篇，平均1年1.65篇，选文标准还是够宽泛的吧？

其实，任何一个选本，不管如何标榜全面、公正、权威，也不过是选家的“一家之眼”——以蠡测海罢了。

回望百年，莽莽苍苍，浪淘尽多少风流人物……

去吧，杂文，让时间去淘洗，让读者去评说吧！

2001年初春初稿于北京，2007年初秋改定于北京

（《20世纪中国杂文读本》，2009年，华文出版社）

气是文章主

读鲁迅先生的文章，总觉着一股鲜异的烈味儿逼人，如品酽茗，如饮陈醪，读来使人酣畅淋漓，且回甘绵绵于无尽。

无“味”的文章，自然读来使人觉得乏味。独家之味，源于独家之气。武林中讲究“外练筋骨皮，内练一口气”，气随意行，方可达到出神入化的境地。写文章亦需要练一身内功，修一种文气。否则，只能作出些皮毛文章，气不随意，味不从心，徒摆一副花架子，可怜兮兮不知当算甚的玩艺儿！韩愈的“气盛言宜”说得好：气足了，怎样写都行。对气，我理解它是作者自身的气质、修养、思想、情绪的混合物，似乎属于秉赋的范畴。气缓而绵密者，宜于构制宏篇；气壮而急促者，工于精制短章；气舒柔而晴朗，善弄纤词，阴柔妩媚；气豪烈而逆浊，喜作杂感，极尽阳刚……

文成一口气。只有作者赋予文章以气，读者才能体味到一种气韵，才能嗅出一股味儿来。文若无气，犹眼之无珠，犹珠之无神。气是形意融和之物，虽属内功，但要依靠外在的语言文字来体现。一语天然万古新，然而，运用之妙，却存乎一心：短句如衔枚疾走，行色匆匆，长句似天马行空，奔突驰骋——泄愤就短，抒情宜长；俗语占尽俗语的风流，文言自有文言之精神——宜谐宜庄……使其长短错落，雅俗相间，天然如行云，自在若流水，句随意走，气从句行，必将产生言有尽而“气”无穷的奇效！气的力量是无常而神妙的。“不在文字，不离文字”，正好说明气虽借文字以行，却又远远超越于文字之外。

杂文是浩气的文体——抒正气而压邪气。如果一篇杂文读后，既没有抒放了胸中之正气（使人搓手跺脚，连呼痛快痛快），也没有憋足满肚子恶气（令人怒发冲冠，拍案而起），那么，这文章就不该混迹杂文之列，“好”就更谈不上了。

下围棋的人，最知道“气”的要命。为求生存，必先做“眼”，有“眼”就有“气”，有“气”棋就活了。文理与棋理颇相似——文气从文眼中来。文眼是文章之精髓所在。它的内容是精深的思想，形式是新美的句式。既锤炼句式，又淬砺思想，三天做它两个“眼”,“两眼”长出一口“气”，长之以往，“气”“味”相投，写出来的文章没味儿那才真叫个怪哩！

（《人民日报·大地副刊》1989年1月23日）

拳打卧牛之地

坦率地讲，我是不薄长文爱短文的，尤其是杂文。不过，那些打着杂文旗号的“杂三股”——用典一股，援例一股，议论一股——不在我所爱之列。正是从这一点出发，我倒常常喜欢看些杂文以外的别的书，诸如美术史、动物学以及兵法、拳经、医药之类的杂书。

从联系的观点看问题，世界万物，原本有许多相通处。即如打拳吧，就很有点像写杂文。无论武当、少林、太极、形意，还是五行、六合、七星、八卦，好拳师只打卧牛之地。区区卧牛之地，高明的拳师尽可使出浑身解数来，打得险象环生，风雨不漏；大可不必担心因天地之狭小，而使大英雄无用武之地。方家看拳师献技，看一招一势，看家数套路，并不在意他翻了几个跟头，打了几多回合。记得我小时候读演义小说，总担心使短械的战将不敌舞长枪的士卒；长大后才明白，兵器不等于武艺。文学作品虽有小说、戏剧、诗歌、散文以及杂文之分，但这只是体裁上的分类，即如兵器有蛇矛、鹤剑、龙戟、虎刀，而并没有哪一件独独显示出它的“器”的优越性来。因此，无端地鄙薄杂文的某些“大家”，是无来由的。

艺术的质，本来就不该以载体的大小而论。漫天写一个大字，固然是大手笔；可在一根头发的断面上刻一幅《兰亭序》的微雕，又何尝不是艺术呢？如果将稀释了的长和蒸馏后的短让我来择一，我宁要后者。

然而，文章写长不易，写短尤难。由于天地狭小，回转多不便；况文似看山不喜平，既要趁水生波，又要翻空出奇，架构的起承转合，笔势的腾挪擒放，都需在一方小小的天地内求新求变。《解放日报》总编辑萧丁先生在《文学报》上撰文讲："在各种体裁的文章中，杂文是最难写的。它以最敏锐的触角捕捉人们最关注的问题，以最精炼的语言表达最深刻的思想。"而我尤以为，杂文之难写，症结恰在于"小"，就像宋玉笔下的"东邻子"——"增之一分则太长，减之一分则太短，著粉则太白，施朱则太赤。"

最近，有不少大手笔写起了杂文这种小文章，真是可喜可贺。我们欢迎更多的大手笔来投入这支写小文章的队伍之中！读者热爱小文章，时代需要小文章。杂文，是战斗的文学的"排头兵"。也许有人说，杂文是"豆腐块"，是文学家族中的"小个子"，当不起这个"排头兵"。其实不然，杂文担负着砭顽起懦、鞭恶扬善、阐发人生、弘扬真理的使命；而真理向来是简捷明快的，大丈夫有话则长，无话则短，何饶舌耳？君不见，好拳师只打卧牛之地！

（《求是·绿野》1990年第12期）

杂文的“兴观群怨”

杂文是什么？杂文是诗的政论，政论的诗。首先是“诗”，然后政论才有意义。二千多年前，孔子提出了“诗可以兴，可以观，可以群，可以怨”的著名美学观点。今天，以“兴观群怨”说来概括、衡量杂文的特点和功能，仍是十分恰贴而准确的。

“兴”——杂文的审美功能。杂文的“兴”，即有感而发，并通过艺术形象去感染人、启发人。也就是孔安国所谓的“引譬连类”和朱熹所谓的“感发志意”。一切挪移借贷、改窜添补、牵强附会、忸怩作态的文字都不是杂文。一位朋友说得直截了当：“抄了一通书报，扯了两句淡话，也配叫杂文?!”杂文首先是“诗”，而且是“政论的诗”。这就规定了杂文的文学性及其艺术审美特征。引证取代不了论证。典故加笑料也不等于“文学性”。应该记取“言而无文，行之不远”的明训吧。

“观”——杂文的认识功能。对于孔子的“诗可以观”，郑玄注为“观风俗之盛衰”。杂文亦可以“观”，即通过杂文去认识社会人生。写杂文就是用形象化的手段去熔铸自己的观点，故称“思想的雕塑”。杂文创作的关键就是要注入思想的光芒，而不是没完没了地材料加观点的缀连。“獭祭鱼”式的掉书袋，言某书如何说，某公如何说，就是没有自己如何说的“杂文”，总给人一种“虚脱”的感觉。优秀的杂文，其观点必卓然而不丐于古，亦不作鹦鹉学舌于今。此类精品，除了观社会人生的“大风俗”而外，更给人一种深刻的喜悦。

“群”——杂文的教育功能。孔安国把孔子的“诗可以群”注为“群居而相切磋”，似乎在谈诗以外的事情。虽然孔子自己也有“君子以文会友，以友辅仁”之说，但我以为，这个“群”是动词的使动用法——“使……群”，朱熹注的“和而不流”也有这层意思，即通过艺术形象的感染、教化以达到沟通、团结的目的。这不正是杂文的教育功能所在吗？

“怨”——杂文的批判功能。对于“诗可以怨”，孔安国注为“怨，刺上政也”，矛头直指上峰。有人把杂文创作概括为八个字：有感而发，反感而作。可见，作为“刺世嫉邪”的杂文之“怨”，范围当更为广阔。人类一日有弱点，“怨”就有一日存在的必要；社会一日有弊端，“怨”更有一日存在的必要。鲁迅先生早在1925年即写下：“我们目下的当务之急，是：一要生存，二要温饱，三要发展。苟有阻碍这前途者，无论是古是今，是人是鬼，是《三坟》、《五典》，百宋千元，天球河图，金人玉佛，祖传丸散，秘制膏丹，全都踏倒他。”这话在今天仍然闪耀着现实主义的光芒！——尤其对杂文这种“批判的武器”而言。

“兴观群怨”之于杂文，“兴”是最基本的特点。离开“兴”的“观”、“群”、“怨”，就不是杂文的“观”、“群”、“怨”，而是其他。

我以为，理想境界的杂文是诗化哲学，是哲学的诗。庄子的杂文是诗化哲学（如《庖丁解牛》），鲁迅的杂文是哲学的诗。伟大的杂文家必然是诗人哲学家。

（《人民日报·大地副刊》1992 年 11 月 11 日）

克隆杂文

《重庆晚报》报道：中国农科院 1996 年 2 月育出的“克隆牛”，比英国的“克隆羊”早诞生整整一年，只因经费紧缺卖给了个体户，如今找不见了。我可以提供一个比“克隆牛”更早诞生的品种，而且在眼下的报纸上随处可见，那就是“克隆杂文”。“克隆杂文”完全符合科学家以无性繁殖的方式复制的三大基本特征。

一是复制。“克隆杂文家”把制作“克隆杂文”的原材料——诸如“据报载”、典故以及四书五经和中外文学名著中的某些段落——复印、剪贴之后，稍加几个关联词语连缀，末尾再反问或者感叹一句即可。“克隆杂文”满篇复制着古人如何说，洋人如何说，“我的朋友”如何说，就是没有自己如何说。

二是无性。有思想，可以成为哲学家，但不一定能成为杂文家；有文采，可以成为诗人、散文家，也不一定能成为杂文家。杂文家固然要有思想，有文采，更要有性格。从某种意义上说，性格即杂文。“克隆杂文”模糊了性别与性格，既看不出是男人还是女人写的，也看不出是张三或者李四作的。“克隆杂文”你中有我，我中有你，你就是我，我也是你，千人一面，千篇一律。

三是繁殖。“克隆杂文”无性别、无性格、可复制，既复制他人，也复制自己。材料丰盈、手段娴熟的“克隆杂文家”，一天即可制作四五篇“克隆杂文”，对各类报纸随心所欲地进行“地毯式轰炸”。近来有学者加入“克隆杂文家”队伍，你用“四书”注“五经”，他用“五经”注“四书”，名副其实的“博士买驴，三纸无驴”。“榜样”的力量是无穷的。“克隆杂文”交叉感染，互相复制，繁殖起来特别地快。

“克隆羊”之所以一石击起千重浪，成为全球性热门话题，主要是人类恐惧自身被复制。于是，各国政府纷纷表态，禁止对“克隆人”的研究。“克隆杂文”虽然对人类的精神产品随意剪贴，简单复制，且“无性繁殖”，谬种流传，却不会引起人们的恐惧，更不会有谁来禁止它。相反，“克隆杂文”的大面积出现，自有它存在的主客观依据。

（《中国青年报·求实篇》1997 年 4 月 24 日）

古典文学名著中的杂文笔法

乍一看去，中国的古典文学名著——尤其是古典小说“三水西红”四大名著——与杂文笔法风马牛。而实质上，经典之所以称之为经典，名著之所以成其为名著，除其他诸多因素而外，一定有其不拘一格的多流派多风格多样化的笔墨。谨从这些古典文学名著文本中，撷取一束具有“杂文特色”的片断，标题立目，简单扼要地剖析、阐述一下杂文笔法的主要特点与功能。

一、没有讽刺就没有杂文

“怨刺”起源于《诗经》，可谓“出身高贵”。“怨刺”是《诗经》以来数千年一以贯之的主要文学创作手法。杂文的讽刺，就是继承了“诗可以怨”的传统法则。可以说，讽刺是杂文创作最主要的笔法，没有讽刺，也就无所谓杂文。

讽刺与赞美，笼统地看，似乎都是个“修辞”的问题；然而，赞美容易使人发晕，讽刺却能使人清醒。就像赞美离骄傲不远，讽刺与美德也很近。讽刺是一面明镜，人们可以照见自己有缺憾的颜容。尽管面对讽刺，有人面露微笑，有人羞怒跳脚——然而无论喜怒，都达到了预期效果——“讽”已“刺”中其负面与缺陷。《三国演义》第六十回“张永年反难杨修 庞士元议取西蜀”有一则文字，描述了蜀人张松（字永年）与曹操的一番对话：

> 操谓松曰：“吾视天下鼠辈犹草芥耳。大军到处，战无不胜，攻无不取，顺吾者生，逆吾者死。汝知之乎？”松曰：“丞相驱兵到处，战必胜，攻必取，松亦素知。昔日濮阳攻吕布之时，宛城战张绣之日；赤壁遇周郎，华容逢关羽；割须弃袍于潼关，夺船避箭于渭水：此皆无敌于天下也！”操大怒曰：“竖儒怎敢揭吾短处！”喝令左右推出斩之。……操方免其死，令乱棒打出。

曹孟德何许人也？苏东坡称之为“横槊赋诗，固一世之雄也”！诚如他自己所言，老曹戎马一生，纵横驰骋，“战无不胜，攻无不取，顺吾者生，逆吾者死”，“视天下鼠辈（实乃英雄）犹草芥耳”！而张松舌战老曹的精妙之处就在于，顺水行舟，借力打力，沿着曹操的“话路”说下去——攻吕布、战张绣、遇周郎、逢关羽、割须弃袍、夺船避箭，六个活生生的“现实战例”，恰恰都是老曹丢盔弃甲狼坝逃窜之“典型范例”！张松仅寥寥数语，出其不意，击其惰归，扼其咽喉，攻其软肋，冷嘲兼热讽，辛辣而犀利，把战斗力发挥到了巅峰极致，使“论敌”曹操张口结舌，无言以对，活活地气了个“发昏章第十一”！

在所有的文体中，只有杂文是必须具有针对性与战斗性的；故杂文家在操笔为文之始，就得面对“论敌”乃至“敌人”抑或“假想敌”。杂文不怕有“杀气”和“杀伤力”——就怕没有，而杂文家更无须吞吐嗫嚅忸怩支吾活像一个三孙子！杂文是锐利文字，所以鲁迅先生才把它比作投枪和匕首。正因如此，杂文笔法，多与兵法相同。兵法讲，伤其十指，不如断其一指。俗话也说，话不毒，人不服。又说，恨病吃苦药。讽刺，是“林中的响箭”，是带刺的玫瑰。讽刺有各种各样的“讽”法，其中，像张松式“揭疤撒盐”反讽战法，一语伤敌，如刀搅腹，是讽刺中最狠辣也是最有效的招数。张永年可谓是三国时代的“犀利哥”。

二、夹枪带棒的议论

杂文是立论的文体，而且所有的杂文创作都是“主题先行”。所以在确立议题（论点）之后，议论当始终贯穿于整篇文章之中。“杂三股”之所以令人不齿，就是试图以“报载”、“典故”、“不是吗”来代替叙述和议论。“据报载”只是眼下发生的具体事例，“典故”亦是历史上曾经发生过的类似事件，二者都是论据；而“不是吗”云云固然是议论，但却未免太过吝辞惜墨一字千金了吧？人们通常评价一篇杂文写得是否出彩，是否够味儿够劲儿，关键就看它的议论是否精辟透彻，批评是否酣畅淋漓。

《红楼梦》是以叙述与刻画见长的，文中虽有议论，但少；即使有，也多是借书中人物之口来完成的；而作者直接站出来抒发议论，那就更加稀缺了。然而，在《红楼梦》第七十七回“俏丫鬟抱屈夭风流美优伶斩情归水月”中，作者曹雪芹十分罕见地公开站出来，发表了一番傥论：

> 赖家的见晴雯虽到贾母跟前，千伶百俐，嘴尖性大，却倒还不忘旧，故又将他姑舅哥哥收买进来，把家里一个女孩子配了他。成了房后，谁知他姑舅哥哥一朝身安泰，就忘却当年流落时，任意吃死酒，家小也不顾。偏又娶了个多情美色之妻，见他不顾身命，不知风月，一味死吃酒，便不免有蒹葭倚玉之叹，红颜寂寞之悲。又见他器量宽宏，并无嫉衾妒枕之意，这媳妇遂恣情纵欲，满宅内便延揽英雄，收纳材俊，上上下下竟有一半是他考试过的。若问他夫妻姓甚名谁，便是上回贾琏所接见的多浑虫灯姑娘儿的便是了。

杂文的议论就是敢于“说三道四”，就是杂文家勇于对世象人生“横挑鼻子竖挑眼”所发表的独到见解。议论有正议、反议和夹叙夹议等诸多“议”法。曹雪芹对晴雯的表哥以正议为主兼有反议（如“器量宽宏”），对晴雯的表嫂——多浑虫灯姑娘儿则完全采用反议；而整篇行文又是叙中有议议中有叙叙议交融浑然一体——这才是最典型最上乘的“杂文式议论”。尤其在评价灯姑娘儿的时候，曹雪芹采用了夹枪带棒的议论——“这媳妇”、“延揽英雄”、“收纳材俊”、“考试过的”云云，刀刀见血，鞭鞭留痕，嬉笑怒骂，入骨三分，令人解颐更加解恨！就连介绍“这媳妇”姓名之时，也用了“贾琏所接见”之类的嘲讽，而且还连用了“便是……便是了”这种貌似重复拖沓，实则匠心独运，充满了调侃、戏谑、恶狠狠的“杂文式议论”。曹雪芹无愧于语言大师的光荣称号。

三、辩论·驳论·战斗性

选择了杂文这种特殊的文体，同时也就选择了“好辩”、“好斗”

与“攻击性”，亦即杂文的战斗性。然而，杂文家在论战中的辩论与驳论，不是为了“吵架”和“骂人”，而是为了“瞄得准，打得狠”，为了“揭出病苦，引起疗救”，为了探求事物的真理性。诚如孟子所言：予岂好辩哉？予不得已也！

如果说议论是“单口相声”——只有杂文家单方面对所写的人和事做出评论；那么，辩论和驳论则是“对口相声”或曰“群口相声”——在杂文家的对面，时刻站着一个或者一群论敌。故杂文家必须具有雄辩的特质。东汉末年的孔融（字文举），自幼就表现出了一种优秀杂文家的潜质。《世说新语·言语》有一则短文：

> 孔文举年十岁，随父到洛。时李元礼有盛名，为司隶校尉。诣门者，皆儁才清称及中表亲戚乃通。文举至门，谓吏曰：“我是李府君亲。”既通，前坐。元礼问曰：“君与仆有何亲？”对曰：“昔先君仲尼与君先人伯阳有师资之尊，是仆与君奕世为通好也。”元礼及宾客莫不奇之。太中大夫陈韪后至，人以其语语之，韪曰：“小时了了，大未必佳。”文举曰：“想君小时，必当了了。”韪大踧踖。

孔融夙慧，不仅懂得“让梨”，而且颇具战斗精神。他听说李膺（字元礼）家的门槛高，除名士和亲戚而外，一般人概不接见，于是便主动打上门来。列位别小瞧“司隶校尉”这个官，在当时是具有掌管监察京师和所属各郡百官之职权的，炙手可热得很呐！孔融既已出牌，也得会接招。你说咱们是亲戚，啥亲戚啊？您的先人老子（姓李名耳，字伯阳）和我的先人孔子是师生关系，那咱们不就是“世交”吗？这叫辩论——虽说有点诡辩。但孔融与太中大夫陈韪的交锋，切中肯綮，直捣黄龙，则是名副其实的驳论。

当然，驳论未必时时处处“火药味儿”特浓，有时也可以“点到即止”，或者“循循然善诱人也”。《世说新语·言语》还有一则短文：

> 王右军与谢太傅共登冶城。谢悠然远想，有高世之志。王谓谢曰：“夏禹勤王，手足胼胝；文王旰食，日不暇给。今四郊多垒，宜人人自效。而虚谈废务，浮文妨要，恐非当今所宜。”谢答曰：“秦任商鞅，二世而亡，岂清言致患邪？”

在历史上著名的“旧时王谢”两大家族中，王羲之与谢安（字安石）是东晋时期的两大名流要角。他们二人“谈玄说理”，可谓“高开高走”，门当户对。只是这一次辩论，羲之引了一通史实，发了一通鸿论，无非要阐明“勤政兴邦，清谈误国”的道理。客观地讲，羲之的论点并没有太大的问题，只是把“兴邦”太简单化，把“清谈”太严重化了。然而，安石只轻轻地“驳”一句——“秦任商鞅，二世而亡，岂清言致患邪”，找准穴位，点到即止，优雅从容，一招制“敌”。

不过，文无定法，各随心意。尽管像谢安那样的举重若轻四两拨千斤，也能让论敌俯首称臣签订城下之盟；然而，更多的读者却喜欢阅读那些锐利激越痛快淋漓有血性的文字。鲁迅先生的大量杂文，最好看最过瘾最有力道最富激情最具战斗力的，正是那些与论敌短兵相接所“激发”出来的论战雄文。

四、幽默感与想象力

虽然杂文是用来说理的，但“面麻”式的说理，“杂三股”式的说理，好为人师居高临下式的说理，甲乙丙丁死搬教条式的说理，统统都是催眠剂，只能使人昏昏欲睡。

好杂文必具理趣。理趣，就是把理说得风趣有味儿；如果再加上一点会心的笑，加上一点意味深长，这就构成了幽默。幽默感是人的一种智慧优越感。而杂文家尤其需要这种“自我良好”的感觉。因为幽默的精髓是悟性，是超乎寻常的想象力。可以说，没有想象力就没有创造力，没有创造力何谈艺术？在四大古典名著中，《西游记》无疑是一部浪漫主义杰作。整部书不仅充满奇诡瑰丽的想象力，而且诙谐幽默俯拾皆是。如第二十一回“护法设庄留大圣 须弥灵吉定风魔”：

> 那老者道：“善哉，善哉！你这个长老，小小的年纪，怎么说谎？那黄风大圣风最利害。他那风，比不得什么春秋风、松竹风与那东西南北风。”八戒道：“想必是夹脑风、羊耳风、大麻风、偏正头风。”

从“妖风”到自然风，再从自然之风突然跳跃到“夹脑风、羊耳风、大麻风、偏正头风”，不仅联想丰富，而且颇为幽默。纵观整部《西游记》，孙悟空往往扮演“搞笑大师”的角色，而猪八戒则每每被当作搞笑的对象——“好笑大师”。如第四十八回“魔弄寒风飘大雪 僧思拜佛履层冰”：

> 正说间，只听得呼呼风响。八戒道：“不好了！风响是那话儿来了！”行者只叫：“莫言语，等我答应。”那怪物拦住庙门问道：“今年祭祀的是那家？”行者笑吟吟的答道：“承下问，庄头是陈澄、陈清家。”那怪闻答，心中疑似道：“这童男胆大，言谈伶

> 俐——常来供养受用的，问一声不言语，再问声，唬了魂，用手去捉，已是死人——怎么今日这童男善能应对?”怪物不敢来拿，又问:“童男女叫甚名字?”行者笑道:“童男陈关保，童女一秤金。”怪物道:“这祭赛乃上年旧规，如今供献我，当吃你。”行者道:“不敢抗拒，请自在受用。”怪物听说，又不敢动手，拦住门喝道:“你莫顶嘴！我常年先吃童男，今年倒要先吃童女!”八戒慌了道:“大王还照旧罢，不要吃坏例子。”

呵呵!“淡定哥”孙悟空艺高胆大，胸有成竹，故冷幽默迭出；那妖怪不敢“自在受用”，放弃“陈关保”，选择“一秤金”，也是个欺软怕硬令人哂笑的主儿；而最好玩最搞笑则是八戒，心慌胆战，异想天开，居然规劝大王“不要吃坏例子”。三个角色，三种心理，寥寥数笔，勾画淋漓，读来令人忍俊不禁，拍案称奇。

当然，并非所有的笑都可以叫幽默。噱头、滑稽、无厘头、出洋相、插科打诨、恶俗玩笑等等，有时也能让人发笑，但那不能叫幽默。幽默是一种高级形式的使人折服的含蓄微笑。幽默也是一种感人殊深令人愉悦的由衷朗笑。同时，幽默更是一种从悲剧到喜剧的自然而然却又猝不及防的过渡。杂文的本质属性是偏重于悲剧色彩的，但却常常以喜剧的方式表现出来。所以，杂文创作需要幽默的点染，需要含泪的微笑。

五、渲染、夸张的叙述

也许有人会说，什么年代啦，如今已是“读图时代”，文字性的东西终将被淘汰，谁还耐烦什么叙述之类的劳什子？这是悲观者的滥调，浅薄者的梦呓。你让他用图片来替代短小精悍的“手机段子”，可以吗？你让他用画面来表现“前不见古人，后不见来者；念天地之悠悠，独怆然而泣下”的悠远意境和深邃意蕴，能行吗？号称集所有前沿科学技术于一身的电影（以及电视），每一次对四大名著“三水西红”的重拍，都是一次程度不同的肢解、割裂、歪曲乃至浅薄化、庸俗化的糟蹋和破坏。文学是语言文字的艺术，任谁都取代不了。当下文学的不景气，那是文学自身的问题。

对于杂文家来说，可能最不耐烦的就是叙述。其实，叙述是所有文体的根基。叙述能力如何，最能见出一个作家的基本功底。那些以“据报载”和引用典故来充当叙述的杂文，除了给人留下“藏拙”的印象而外，“报载”和“典故”之间文笔与风格的“两层皮”和“不搭调”，还会给读者造成行文“夹生”与阅读“隔膜”的感觉。如果一篇杂文叙述不够精当，那么议论就没有底气，更遑论精辟！有道是，文似看山不喜平。叙述最忌讳的就是平铺直叙。譬如记述一个打人的场景和过程吧，倘只说甲把乙打了一通，那就寡淡无味；若把甲如何打乙琐细地记录下来，亦属平淡无奇；但如果像《水浒传》第三回“史大郎夜走华阴县 鲁提辖拳打镇关西”那样，把一场“好打”叙写得紧锣密鼓高潮迭起，那才叫艺术：

> 扑的只一拳，正打在鼻子上，打得鲜血迸流，鼻子歪在半边，却便似开了个油酱铺，咸的、酸的、辣的一发都滚出来。郑屠挣不起来，那把尖刀也丢在一边，口里只叫：“打得好！”鲁达骂道：

> “直娘贼！还敢应口！”提起拳头来就眼眶际眉梢只一拳，打得眼睖缝裂，乌珠迸出，也似开了个彩帛铺的，红的、黑的、绛的，都滚将出来。两边看的人惧怕鲁提辖，谁敢向前来劝？郑屠当不过讨饶。鲁达喝道：“咄！你是个破落户，若只和俺硬到底，洒家倒饶了你。你如何叫俺讨饶，洒家却不饶你！”又只一拳，太阳上正着，却似做了一个全堂水陆的道场，磬儿、钹儿、铙儿一齐响。鲁达看时，只见郑屠挺在地上，口里只有出的气，没了入的气，动掸不得。

鲁智深这三拳头，直将郑屠那厮打了个色彩斑斓五味杂陈万方乐奏不亦乐乎！这三拳，不仅打得有“声”（磬儿、钹儿、铙儿）有“色”（红的、黑的、绛的），而且还有“味”呢（咸的、酸的、辣的）。古谚云，并州剪子扬州绦，苏州鞋子云南刀——打得好！

“鲁提辖拳打镇关西”之所以成为“打人”的经典名篇，就因为它成功地运用了渲染和夸张的修辞手法来叙述。渲染和夸张，是艺术的灵魂所在。而艺术性的渲染和夸张，多少都有点虚构的成分。然而离开虚构，谁还能进行文学和艺术的创作呢？虚构不是虚假，而是更高层面的真实。以叙述为主调的经典杂文，大多都采用了渲染和夸张的手法。萧乾的《上人回家》、艾青的《画鸟的猎人》、胡适的《差不多先生传》——这些叙述性杂文名篇，有哪个离开了渲染和夸张呢？

六、隐语、隐喻与曲笔

上世纪末期以来，常能读到一些杂文，把不便说不敢说不许说的观点或话语，以“由于众所周知的原因”来反讽和自嘲。这可以看作是杂文创作隐语应运之一种。《文心雕龙·谐隐》：“隐语之用……遁词以隐意，谲譬以指事。”即指隐语是隐去本事而假以他辞来暗示，故隐语有时也叫暗语，甚至还有点类似“谜语”。由于隐语是作者与读者用“心”来会意和交流的，所以这种不直接捅透的笔法，可以给读者更大的想象空间。《聊斋志异》有一篇短文《三朝元老》：

> 某中堂，故明相也。曾降流寇，世论非之。老归林下，享堂落成，数人直宿其中。天明见堂上一匾云：三朝元老。一联云：一二三四五六七，孝弟忠信礼义廉。不知何时所悬。怪之，不解其义。或测之云：首句隐亡八，次句隐无耻也。

即使是“故明相”，也是宰相啊，岂容“诽谤”？然而，投降流寇，亏了大节，又令人如鲠在喉，不吐不快！所以“有人”在中堂大人宝邸落成的大喜日子里，悄悄奉赠一副用隐语组成的对联——“一二三四五六七，孝弟忠信礼义廉”——“亡八”兼“无耻”！

正如隐语也叫暗语，隐喻亦称暗喻。隐喻是一种与明喻（表达方式：甲像乙）恰好相反的比喻。隐喻可以是一个修辞句式（表达方式：甲是乙），或者一段文字表述，也可以是整篇文章的形式。具体到隐喻式杂文，就是在作品明确书写出来的甲种事物的暗示和映射下，给读者联想、启发并使之感悟到乙种事物或理念。《阅微草堂笔记·滦阳续录》“记录”了清代名医殷赞庵和一个奉命送他回家的恶仆杨横虎，在旅店中遇到“鬼”的故事：

……人定后，果有声呜呜自外入，乃一丽妇也。渐逼近榻，杨突起拥抱之，即与接唇狎戏。妇忽现缢鬼形，恶状可畏。赞庵战栗，齿相击。杨徐笑曰："汝貌虽可憎，下体当不异人，且一行乐耳。"左手揽其背，右手遽褪其裤，将按置榻上。鬼大号逃去，杨追呼之，竟不返矣。遂安寝至晓。

《阅微》与《聊斋》，多涉笔"鬼趣"。它们貌似谈论鬼怪故事，实际上讲的是现实人生。假如从杨横虎的行状中，仅看到俗世间的恶棍"逼奸缢鬼"，那不过是一桩"下流逸事"而已；但如果看到令人闻之丧胆的"吊死鬼"犹惧恶人，而况人间之好人乎！这则故事暗喻一个道理：人不要脸鬼都怕。

隐语和隐喻都是曲笔。虽然杂文创作有时难免"由于众所周知的原因"，不得不采用曲笔；然而在更多情况下却是一种自觉运用。谚云，人贵直，文贵曲。文章越是曲折有致，越能引人入胜；越是直白浅露，就越淡乎寡味，也就距离审美趣味越远。所以在杂文创作中使用曲笔，不仅使杂文的语言和内容富有弹性与张力，还能给读者以审美的愉悦和遐想的空间。而且，曲笔的委婉含蓄绵里藏针，往往比直眉瞪眼青筋露暴，更加具有感染力和战斗力。

七、"审丑"也要写出美来

由于杂文是"批判的武器"，故杂文多写丑角。但是，如何写好丑角？或者说，怎样来"审丑"？这是一个很有意思也很值得探讨的问题。《金瓶梅》第九回"西门庆偷娶潘金莲 武都头误打李皂隶"，写西门庆的大娘子吴月娘，面对刚娶进门的潘金莲，好生地打量了一番：

> 吴月娘从头看到脚，风流往下跑；从脚看到头，风流往上流。论风流，如水晶盘内走明珠；语态度，似红杏枝头笼晓日。看了一回，口中不言，心内想道：小厮每来家，都说武大怎样一个老婆，不曾看见，不想果然生的标致，怪不得俺那强人爱他。

不管后来有多少人为潘氏作“翻案”文章，但在《金瓶梅》（以及《水浒传》）中，潘金莲却是一个集阴毒、奸狡、贪婪、淫荡于一身的丑恶反角。写这类丑角，很容易脸谱化和漫画化。然而，这段文字却将一个心灵丑恶的“风流娘儿们”，写得很美很美——“论风流，如水晶盘内走明珠；语态度，似红杏枝头笼晓日”，语言多美好啊！由此可见，像杂文一类“审丑”的文字，也完全可以写成美文。其实，“审丑”本来就是审美不可分割的一部分。

还有一例。《金瓶梅》第七十一回“李瓶儿何家托梦 提刑官引奏朝仪”，叙述西门庆通过大奸相蔡京的引荐，上金殿拜见道君皇帝宋徽宗赵佶时亦写道：

> 这皇帝生得尧眉舜目，禹背汤肩，才俊过人，口工诗韵，善写墨君竹，能挥薛稷书，通三教之书，晓九流之典。朝歌暮乐，依稀似剑阁孟商王；爱色贪花，仿佛如金陵陈后主。

噫！怎么听着听着就不对味儿啦？如何说着说着就拐了弯儿啦？清人张竹坡对这几句话作过精辟的点评：“尧眉舜目，忽接孟商王、陈后主，又似赞又似贬。”把这种“又似赞又似贬”的写法运用到杂文创作中，就是相声声口的杂文笔法。

杂文是激浊扬清的文体，文学是语言文字的艺术。语言，是思想的华裳，是文学的材料；故语言问题是所有文体创作的最根本也是最重要的问题。就杂文创作而言，再精辟的观点，再深邃的意蕴，也得凭借精彩的语言来表达；所以杂文家不仅仅在于“敢说话”，关键更在于“说得好”。就杂文的语言来说，尽管“审丑”的语言可以是美好的，但它还需要糅进“别一种说法”——正话反说，反话正说，寓庄于谐，嬉笑怒骂，皮里阳秋，峥嵘老辣，才算地道够味儿的杂文笔法。

八、杂取种种集于杂文

古人尝言，大文章源出于“五经”。杂文，虽然看上去块头小了点，但却是浓缩了的精华，完全可以配得上“大文章”这三个字。不然的话，杂文大师鲁迅，也就不成其为鲁迅了。

那么，追根溯源，杂文出自哪里？西汉·扬雄《法言·寡见》主张“五经为辩”：“说天者莫辩乎《易》，说事者莫辩乎《书》，说体者莫辩乎《礼》，说志者莫辩乎《诗》，说理者莫辩乎《春秋》。”故侧重“说理”的杂文当源自《春秋》。在“五经”中，《易》与《春秋》颇有些“形而上”的味道。西汉·司马迁讲过：“《易》本隐以之显，《春秋》推见以至隐。”这里的“隐”，有点类似于“隐喻”的抽象性。南宋·朱熹对此阐释道：“《易》以形而上者，说出在那形而下者上；《春秋》以形而下者，说上那形而上者去。”这话有点拗口。说得直白一点，《易》是从抽象到具体的，即从本质联系到现象；而《春秋》则是从具体到抽象的，即从现象联系到本质。很多经典的杂文，不正是“从具体到抽象”、“从现象联系到本质”的吗？

孟子讲过：“孔子作《春秋》，而乱臣贼子惧。”因为，“《春秋》之中，弑君三十六，亡国五十二，诸侯奔走不得保其社稷者不可胜数。察其所以，皆失其本已”（《史记·太史公自序》）。故孔子著《春秋》，本着寓说理于叙事之中的理性主义，字里行间体现着鞭恶扬善的批判精神，以“春秋大义”震慑“乱臣贼子”，以“微言大义”刺痛“昏君”、“小人”，以历史经验来启迪和警示后人。这就是为后世所称道的“春秋笔法”。人们常说，“春秋笔法，微言大义”，“行之无愧天地，褒贬自有春秋”，“一言之褒，荣于华衮；一字之贬，严于斧钺”，等等。“褒贬”二字，正是“春秋笔法”的精髓所在，也是杂文笔法的全部精义所在。所以说，杂文作为“批判的武器”，其使命与“春秋精神”是一脉相承的。

正如“春秋笔法”源于《春秋》，但却并不局限于《春秋》；杂文笔法，亦不必拘泥于《春秋》或者其他什么新旧典籍。“三水西红”和《金瓶梅》尽管是古典小说，但其中不乏杂文创作的有益“因子”；《世说》虽然属于纪实性文学笔记，《阅微》与《聊斋》又介于笔记与小说之间，品类不同，风格迥异，但它们对于杂文创作亦多有裨益。语曰，世无纯白之狐，却有纯白之裘。诗云，别裁伪体亲风雅，转益多师是汝师。杂文既然名之为“杂”，就应当海纳百川，有容乃“杂”。只有博采众长，汲取营养，不断地增强自身的原创力，杂文这株文苑新树，才能深深地扎下根去，历经时间之河的浇灌，然后枝繁叶茂，硕果累累！

（写毕于2011年7月28日）

（《语文建设》2011年第10期，发表时有删节）

后 记

一

总是觉着时间过得飞快，总是觉着要做的事情还有很多。继去年8月份《母亲词典》出版后，责任编辑曲建文兄嘱我抽时间再编两本散文杂文集。倘从1988年人民日报文艺部举办“风华杯杂文征文”——即我的第一篇杂文《撒娇的流派》发表算起，到如今已过二十三个春秋。《撒》文的责任编辑李辉兄去年“十一”黄金周期间，于百忙中拨冗为《母亲词典》撰写了一篇长文《雁来燕去，二十春秋》。是啊，“雁来燕去，二十春秋”，既是对朋友情谊的见证，也是对岁月流逝的感叹。现在，谨将这二十多年来写下的大部分文字归拢起来，精心筛选之后，编定两本小书：《说风流》和《说江湖》。

二

一直以来，很喜欢essay这种文体。它是“五四”新文化运动伊始从西方引进来的。essay最初译为随笔、随感或小品文，实际上就是今天所说的“大散文”，既包括随笔和散文，也包含杂文。鲁迅、钱玄同等新文学阵营里的大将们，颇喜欢用“随感录”作文章的题目。久而久之，“随感录”不仅是一种文章体裁，还形成一种固定的文章体式。

鲁迅先生的《小杂感》最具标本意义，我称它为“小杂感体”。“小杂感体”的优长是，形式活泼，不拘一格，言简意丰，文字隽永。不过，这种文章体式，虽尽善矣，未尽美矣，它的美中不足之处，也是显而易见的。譬如：段与段之间各说自话，互不相干，东一榔头西一棒，不够紧凑，缺乏关联。也许有人会说，这本来就是一种风格，一种写法；当然，这也不失为一说。

其实，“小杂感体”并不仅仅在表达吉光片羽式的思想絮语时，才有着自由生发不受拘束的文体优势。更为重要的是，在表现“大主题”以及“多主题”方面，只要适当地为它“扩容”，便会体现出其文章体式的独特优势。比如，要表达主题相对集中，而且内容（文意）又有十多个以上层次的“大主题”、“多层次”的时候，若用传统的“凤头、猪肚、豹尾”之类的文章体式，那需要瞻前顾后闪转腾挪兜多少圈子啊！但如果采用“小杂感体”，一节一节写起，一段一段推进，无须穿靴戴帽，不必勾连补缀，减少盘带，直接打门，省却了多少起承转合繁文缛节！“扩容”后的“小杂感体”，格局开放，主题集中，节奏紧凑，收放自如，文字少，容量大，虽曰“小杂感”，实乃“大散文”。愚以为，这样的文章体式，在散文和杂文的写作领域，将会愈来愈充分地体现出它的优越性来。

三

编完两本集子，秋令如期而至。俗话说，早立秋，凉悠悠。今年是农历七月初九（8 月 8 日）早晨 5 点 49 分起秋，应该是个凉爽的秋天。秋日令人沉思。在翻检整理这些书稿的同时，常常回望一路走来的脚印——我非常庆幸自己拥有一份足以糊口安身的职业，然后，尽可以随兴地读书，自在地写作。近年来，笔者每每尝试学习用“小杂感体”作文，零敲碎打，小有收获。收入这两本集子中的此类文章，即有《说江湖》、《说风流》、《三人行》、《以仁为本》、《钱刀利手》、《官满如花谢》和《水无鱼依然是水，鱼无水一日难活》等篇什；虽然所占比例不大，但窃以为不失为一种有益的尝试。庄子有言：“春气发而百草生，正得秋而万宝成。”秋天是收获的季节。秋天，也使人沉静而踏实。

作　者

2011 年 8 月 9 日于北京果园

图书在版编目（CIP）数据

说江湖/李建永著 . —北京：中央编译出版社，2011. 10
ISBN 978-7-5117-1010-9

Ⅰ. ①说… Ⅱ. ①李… Ⅲ. ①杂文集—中国—当代
Ⅳ. ①I267. 1

中国版本图书馆 CIP 数据核字（2011）第 194408 号

说 江 胡

出 版 人	和 龑
责任编辑	曲建文
责任印制	尹 珺
出版发行	中央编译出版社
地 址	北京市西城区车公庄大街乙 5 号鸿儒大厦 B 座　　邮编：100044
电 话	（010）52612345（总编室）　（010）52612363（编辑室） （010）66161011（团购部）　（010）52612332（网络销售） （010）66130345（发行部）　（010）66509618（读者服务部）
网 址	www. cctpbook. com
经 销	全国新华书店
印 刷	北京中印联印务有限公司
开 本	787 × 1092 毫米 1/16
字 数	105 千字
印 张	13
版 次	2011 年 10 月第 1 版第 1 次印刷
定 价	38. 00 元

本社常年法律顾问：北京大成律师事务所首席顾问律师 鲁哈达
凡有印装质量问题，本社负责调换，电话：010 - 66509618